花帝山嵐農莊
山居生活 2023

這輩子意想不到的事太多，
光走進這座花園森林就是我人生最大的意想不到。

陳似蓮 著

緣起

　　花舞山嵐農莊成立於 2012 年 2 月，一開始是租地種植上萬盆虎頭蘭，於 2014 年元月買下佔地約四甲的檳榔園，也就是目前的「花舞山嵐」基地，海拔 900 公尺。秉持將自然回歸大自然的理念，全面砍除檳榔林後，一甲作爲花園休閒區，三甲作爲造林區，耗時六年開墾打造，直到 2019 年 3 月完成還地於林後，農莊才正式於同年 8 月對外開放。

　　從一片檳榔林到一座花園，從一棵樹到種下上萬棵樹（苗），打造私有林，走入第十二個年頭，衣帶漸寬終不悔，爲了要在這裡守護這片樹林，需要營生，而將大門打開，同時開啓了人生另一道門。

自序

2023 是我走入山林的第十二年。

走著走著，走進一片檳榔林，然後走出檳榔林再走進一座花園，接著又走進一片森林，走出荒蕪又走進井然有序。走著走著，有一天，我將花園的大門打開，迎接我新的人生，讓不同的人走進我的生活，豐富我的生命，回首花舞山嵐的日子，盡是歲月刻劃而成。

出版第一本山居生活時，並沒有想過會接著出版第二本，甚至第三本，現在我想，應該會一直寫，寫到退休，剛好「山居生活十」，雖然山居生活多半平淡，但融入許多人後，又顯得豐富，以自然為背景又充滿新奇，唯一不變的是一個人的山居生活，讓我在孤獨中找到生命意義。

「山居生活三」是我出版的第五本書，五本書十二年，完整記錄我如何從都市到山居的心境轉折，怎麼篳路藍縷將一座山（四甲的檳榔林）改造成一座花園森林的歲月，歷經艱辛，不為人知的苦，也品嚐到生活的甘味。42 歲天真地接下花園，年近半百從沒種過樹竟發大願造林，從此花與樹佔據我全部的生活，日子在花開、落葉中渡過一年又一年。若問孰重孰輕？花讓我義無反顧，返樸歸真，樹則讓我奮不顧身，留在山上。

十二年，走著走著，腳步輕快了起來，相信是大自然的賦與生命才能如此自在。

篇章

三月

四月

五月

六月

七月

八月

九月

十月

十一月

十二月

跋

一 月

　　而我送的虎頭蘭成了最佳配角，人手一枝放在覆蓋的土上，很有儀式感，很溫馨，化作春泥更護樹，百年後的我希望也能化為春泥依然守護樹林。

一月

0101 星期日 晴

成就

連續幾年的跨年都是濕冷，今年意外好天氣。

下午，氤氳繚繞，啜飲客人留給我的金門陳高，高粱實在不是我的強項，但客人特別強調，這瓶是從地窖挖出來，溫潤甘甜，一定要品嚐，尤其在這樣的天氣裡，是的，午後彷彿中場休息時刻，令人鬆散，客人都不知哪去了？萬籟無聲，癱坐在小院子，獨自品嚐瓊漿玉液，坐著啜著，山嵐漸漸地盈滿整個山谷，美景襯出美酒。

偶而聽到來往的客人讚美這裡的美，而我也不小心成為被讚美的對象，想到當年決心留在山裡的初心：我成就花舞山嵐，花舞山嵐必然也成就我。果然不假。

0102 星期一 雨

花園夜市

一場驟雨，讓原本人來人往，有點喧鬧聲的花園夜市，嘎然而止，紛紛躲進帳蓬。

比起入夜後人聲鼎沸，我更愛雨聲，少了人聲，少了烤肉煙燻，別說我怕吵，我更怕客人被吵，一通電話，就要去當風紀股長，維持秩序，管秩序令我頭痛，以前在補習班上

課，小朋友經常吵得像菜市場，我上課像在賣菜，得用喊的，一下點名誰誰誰不要講話，一下講課，班主任時不時要派一名老師到班上來維持秩序，以免他的市場失控，而下課時間到，我總是大喊「收攤」。今晚，雨當了風紀股長，全園靜悄悄。

0105 星期四 晴

開心

早上去買東西，一個男生跟我獻殷勤搭訕，說我們兩人年次應該差不多，我回：「一看就知道你比我小。」

他說不會喔！

我打量了他一下：「你隨便也小我 10 歲。」他說他 6 開頭。

「快說你幾年次？姐很忙。」我都已經坐上車了，他總不能一直站在我車邊吧！

他說 68，我大笑，回 59，快叫姐，最後他說：「完全看不出來，算你會保養。」走了。開心。

今天去當尾牙主持人，不同於去年還有賴老師當音樂主持人，我為串場主持人，今年我則獨挑大樑當唯一主持人，特地打扮青春亮麗，白上衣搭紅格子短裙，黑褲襪著白布鞋，小史竟說，我今天的打扮像極了啦啦隊隊長；小史則扮演會場助理，負責搞熱氣氛，不時要上台又唱又跳，又要不時向台下來賓邀歌，又要看我使眼色，賣力程度讓與會佳賓一度以為小史是該公司員工，反倒是我這個老闆一點都不像他老闆，最後在與小史帶動唱「快樂頌」下，將晚會氣氛拉到最高點，尾牙因此有了完美 ending，賓主盡歡，美麗的夜晚。開心。

0106 星期五 晴

舞台

　　昨天還在舞台上和小史拿著麥克風又跳又唱，今天我們換個舞台，換個裝扮，偕同工人拿圓鍬挖樹，不同的舞台，同樣的賣力，感謝給我舞台讓我發揮的朋友們。

　　有去年挖銀柏的經驗，這次土球我比較有把握，唯讓我懊惱的是，在挖掘過程中，稍有樹齡的櫻花樹，早已盤根錯結，不同於銀柏沒有主根，側根也不粗，只需挖掘土球，這櫻花主人說是實生苗，十幾年了，因此側根與主根均已粗大，我們花了很長時間在完整土球同時，逐一將粗根鋸斷，最後敗在有一面緊鄰欄杆，實在挖不到，剛好一旁有正在施作工程的怪手，於是請求幫忙將側邊的土鬆開，怪手毫不吝嗇，大手一揮，再揮，又揮，「咔嚓」一聲，樹幹攔腰折斷，當場我目瞪口呆「啊～」叫了好大一聲，天啊！這下可好？怎麼跟主人交代？怪手無辜看著我，聳聳肩，苦笑，我知道不能怪他，怪我技術不夠純熟，累積的經驗不足以隨機應變。

　　我將撕裂的傷口手鋸平整，雖然它失去美麗的外表，但以我對櫻花樹的理解，這棵樹正值壯年，且長勢健康，不久便能長新芽，迎接春天，迎接新生命。

　　這次經驗讓我更加了解自己在移植所下的工夫不夠，實務經驗太淺薄，尤其有樹齡的樹，再多的理論也不及實務的累積重要，移植是一門破壞後再建設的工作，弄得不好，整棵樹一命嗚呼，真覺得種樹不好玩，移植更不好玩，以後還是不要玩好了。

0107 星期六 熱
無恥之徒

　　村裡有個人，私下我管他叫無賴，他佔我不少便宜，緊鄰林班地的一小塊檳榔園，他說是跟國有承租，從來沒想過要懷疑對方，去年中鑑界終於真相大白，居然是我的，怎麼有辦法沒有租約卻敢睜眼說瞎話，無恥收了我的檳榔十年；去年初，率眾切斷我的水管，從此我自力救濟，沒再用過公塔的水，我挖出自己的水源之後，他竟要來分一杯羹，無恥至極；三年前對外開放，「花舞山嵐」的路標指示牌被他硬生生扯下，折斷，丟在路邊；今早去幫移樹的業主作善後，這個人又出現了，直言我們在破壞國有地，又是睜眼說瞎話，枉費他曾經是「大人」啊！枉費我的檳榔在還沒全面砍伐前，讓他無償收了兩年，無恥之恥無恥矣。

　　老天啊！到底一個人可以多無恥？！

0108 星期日 晴
看海

　　花市拍賣員來電說花商等著我回覆過年能給多少花量，我說，沒忘，只是花不開，不知怎麼回？拍賣員淡淡回了：「看來大家都一樣，花不開。」我一年出貨量 400 箱，到目前為止只出約 50 箱，每天還可以在花園逛大街，突然想去看海了，解解悶。

　　下午送貨後，約了朋友便去東石看海，不小心也看到了夕陽，嘉義真好，有山有海，有好朋友。

0111 星期三 晴

化作春泥更護樹

　　一早去附近林子參與樹葬，很不一樣的告別式，有別於傳統對於亡靈的戒慎恐懼，關於骨灰，只是用一紙盒裝著，內襯紙袋，現場沒有哀淒，小孩子依然天真無邪，蹦蹦跳跳，大人像在林子裡散步一樣，天氣和煦，偶而傳來走在樹葉上的沙沙聲，待三兩人在樹下挖好一小洞後，呼喚眾人圍繞，便將骨灰倒入再覆土，而我送的虎頭蘭成了最佳配角，人手一枝放在覆蓋的土上，很有儀式感，很溫馨，化作春泥更護樹，百年後的我希望也能化為春泥依然守護樹林。

　　儀式後，朋友招呼大夥享用還熱騰騰的烤火雞，我吃得滿嘴油，一點都不像來參加告別式的人。

· ·

　　我的好朋友「大熊」繼我之後，去年也考上靜宜中文研究所，成了我的學妹，還和我的指導教授成了好朋友，他們倆相約下午上山來探班。

　　指導教授不僅探班，還主動要幫我做工，我想了想，裝水管是所有流程中最輕鬆的活兒，但老師一付覺得，包裝花更輕鬆，我說，那數數好了，數花朵數，也簡單，沒想到老師竟說：「不，那不容易，還是裝水管好了。」我就不明白了，數數怎麼不容易呢？於是老師很認真的裝著小水管，感覺這兒的花很有福氣，繼我的教授哥哥之後，這是第二位進花房作工的博士。

一月

　　晚餐，三個人打翻話匣子，一發不可收拾，天南地北，我說，在校兩年與教授所言總數都不及今晚一席話多，眞要感謝大熊的親和力，拉近我們的距離。

0112 星期四 晴

好久（酒）不見

　　蘇教授、楊董一直以來我最忠實的愛護者，這次間隔最久沒到山上，疫情讓我們好久不見，楊董很幽默，送我一瓶名酒，名符其實好久（酒）不見，這瓶好酒萬把塊，可不能不見啊！我得好好珍藏好酒、好友。

　　難得我研究所兩位教授在山上同框，我帶三位老師（楊董在學經歷各方面堪稱得上我的老師）從絲柏區走山嵐一路，再接杜櫻步道，逛一小圈花園。在絲柏區的蓮花池邊，我說了不可思議的故事；行經水源處時特地逗留，也說了相關故事；從高處往下看，我介紹在陡坡上種樹的困難……魯老師說我的山居生活比較像作戰生活，楊董聽得津津有味，鼓勵我要繼續寫「山居生活」，說第三本書「山居生活」很精彩，他一口氣看完，眼睛都沒眨一下。

　　會的，哪怕只有一位讀者等候，我都會繼續寫「山居生活」。

0113 星期五 晴

神刀手

花商訂 105 枝藍柏，通常我會剪一堆下來之後，再做整理，很難剛好如所訂數量，難免有增減，這次剪了一大堆樹枝整理後，居然恰如客人所需數量，太神奇了，簡直是神刀手了我。

0115 星期日 熱

三番兩次

人生永遠不知道等在後面的是什麼。

一早正準備著中午 20 人的餐聚，8 點多時發現沒水，一查，水塔居然見底，這個驚嚇太大了！這是我最害怕的事，更別說稍後會有一群人到來。水，一直是我山居生活中最大的生存作戰遊戲項目，有時不免會想，是老天要讓我知難而退嗎？三番兩次。

我問主辦人要取消嗎？寧願他取消，我就不用全力以赴。

急叩山上大哥來協助，趕緊讓工人先提水備用，我則跑上跑下尋找是否有漏水之處，已是滿身大汗，腿快斷了，眼見著 10 點了，而我的米粉還沒炒、青菜還沒炒、薯條、雞塊還沒炸，唯一慶幸的是還好昨晚把大部分的料理備好，終於趕在客人到前將一切就緒，不甚完美的演出，一樣要謝幕，謝謝主辦人情義相挺，結束這一場後，鬆了一口氣，下一場一週後見，希望會是完美演出。

人生永遠不知道等在後面的是什麼？警惕了我。

....

　　早上忙得一蹋糊塗，結果大熊下午才來，救兵來得真不是時候，但沒關係，還有晚上的工作，理花，下午客人走後，趕緊再剪一批花，大熊不愧是務農人，手腳俐落，花剪了不少，晚餐幾乎是與花湊和著吃，我是邊打哈欠邊嚷嚷快掛了，大熊還精神抖擻講笑話提振我，撐到十點終於搞定，鳴金收兵！

0116 星期一 晴
情意相挺

　　今天是這個花季目前工作最晚的一天，花量來到高峰，多虧大熊情意相挺，我們倆拼到晚上 11 點，將今日所採的花全數理完，估計 20 幾箱，已經很久沒有一天超過 20 箱的數字了，而再五天就過年，還滿園的花未開，琢磨這些花是要留在花園跟我一起過年了。

0120 星期五（小年夜）晴
贏了生活

　　這個花季在早春中算是告一段落了，今年是最多花留在花園陪我過年的一次，花田仍有許多花苞掛著，算是輸了市場，贏了生活。

今年花卉總收益，創了這幾年來最低，哪怕我剛接手那兩年因不諳照顧蘭花而一蹋糊塗，也沒今年的慘，訂了400多只紙箱，卻仍有300多只堆著，足見花收成慘不忍睹，相對的，代表沒什麼工作量，生活也就愜意許多，倒覺得老天爺對我好，讓我不用整個冬季寒風徹骨。

不用忙花的第一天是跑去跟樹鬼混，花讓我沉靜，樹讓我跳躍，前者怡情養性，後者調養身心。

園區有一棵真柏，像老鷹展翅，很久沒理會它，顯得雜亂，抱了它一早上修剪，樹比花好玩多了，因為我有很多種樹，不同的樹誘發我不同思維，但我只有一種花，它唯一帶領我的是定心。

聽說山下很有「年味」，山上的我嗅不到，但這裡有蘿蔔糕味，今年同學小美來與我一起過年，下午她用克難的方式蒸蘿蔔糕，讓花園增添一點點……年味。

0121 星期六（除夕）晴
年夜飯

其實很想回去和媽媽一起吃年夜飯，但今年初一便有客人，若回台中，初一一早上山，車子堵，趕不回山上料理就麻煩了，若除夕當夜回嘉義，堵在高速公路上大半夜更折磨人，諸多考量後，決定留在山上過年，這幾年除夕圍爐沒有

到最後一刻，不會知道要在山上還山下？而我最想的是回家和媽媽一起吃年夜飯。

這幾年一起吃年夜飯的人員不盡相同，倒是有趣，今年座上賓是小美同學和一位當地大哥，新組合。餐桌上，我們討論，5000紅包是單還是雙？我覺得是雙，另兩人說是單，結論就是，工人肯定無所謂，是我們的年，又不是他們的年，單數、偶數不重要，有，最重要！

我總安慰自己年夜飯就是一頓飯，不用太放心上，但隨著年紀增長，很多事可大可小，義意大於實質，可以是一頓飯，也可以是一頓值得回味的飯，今年的年夜飯我吃得有點牽掛。

0122 星期日（初一）晴
大年初一

熱鬧的大年初一，山上大哥的家族們來這裏餐聚加一宿，晚餐由我掌廚。這個因緣說來有趣，大哥的二姐與我的好朋友是好朋友，有一天，我的好朋友帶二姐來，二姐說起她有一個弟弟也在這山頭，三講四講，居然就是我認識的山上大哥，於是我跟二姐也成了好朋友，接著，大姐、二哥、三哥陸續都來認識花舞山嵐，大哥從此變成了小哥，原來大哥是手足中排行最小，而我自己舉手當小妹。二姐說，他們家族每年過年都會聚餐，今年由她主辦，這裡經大夥鑑定很適合，就這樣，今年大年初一就交給我了。

午餐過後他們家人陸續到來，家族大大小小二三十人，我用自助餐的方式在咖啡館前的小廣場呈現，下午便開始料理，還好有小美幫忙，兩人七手八腳，十幾道菜三兩下搞定。

　　大哥家族很有意思，三代一起玩闖關遊戲，他們說，這是家族聚會必作消遣，從下午開始玩，持續到晚餐後。晚餐開始我便與他們同樂，我玩了成語接龍，以前在補習班常跟小朋友玩，感覺又重溫舊夢一次，太好玩了，沒想到的是，最後居然有我獨角戲的橋段，因為在第三本書「山居生活」有一篇〈金鋼杵〉寫的是大哥來幫我鑿出水源一事，於是我將文字化為演說，在陳氏家族面前把大哥的豐功偉業加以琢磨一番，再次謝謝小哥 (大哥)，也謝謝二姐、大姐、二哥、三哥對我的支持與愛護。

　　今晚，大夥很盡興，難忘的大年初一。

0124 星期二 (初三) 晴
被水教訓

　　今天應該創了我開園以來同時段人次最多的一天，都是好朋友們來走春，不約而同，各方人馬，見遊客在花園裡走動，大夥都認識我，但我並不認識大家，都還要問你是誰的人馬？當下我已分身乏術，真希望我是八爪章魚。

　　此時人多，可怕的事又發生了，水又沒了！一早，我照慣例，巡視水源，見苗頭不對，整個水塔的水又見底了，但有 1/15 的經驗後，至少沒那麼荒，況且還有一個一噸的水桶

水備用，還有時間找漏水處，但我遍尋不著，也喚工人去找，此時已約好的賴老師帶周老師夫婦及一群朋友來午餐，煮到一半，完全沒水，沒水！沒水！天呀！朋友也來露營了，而住宿的國中同學家族也接續來，我面帶春風，其實，內心是如熱鍋上的螞蟻啊！

終於，工人找到客人沒關的漏水處，竟是小便斗，我唯一沒巡到的地方，果然有盲點，這個月，一直被水教訓，並且都是緊要關頭，疲於奔命的我，肯定是哪裡有問題，饒了我吧！

0125 星期三（初四）溼冷
受之有愧

今天應該是今年以來最冷的一天，沒下雨，但溼氣十足，空氣中看得到水分子飄散，幾乎要白茫茫一片，愈晚溫度愈低，冷到直顫抖，全身上下包到只剩一雙眼睛露出來，原本要在戶外晚餐的同學家族，一群人改在小小的貨櫃屋裡，我只能一鍋一鍋端上桌，連擺盤子的空間都沒有，毫無美感可言，但同學就是同學，要我別講究，也就吃頓飽，真覺得招待不週了。

同學家人草草吃過晚餐後，回到屋前起營火，邀我務必同去取暖，沒想到我一到，竟端出一大片直火炭烤烏魚子佳餚，比我出的晚餐美味多了，感覺他們對我，比我對他們還慎重，受之有愧了。

0126 星期四（初五）冷

回饋

　　同學的家族來三天兩夜，一早與他們話家常，說到，昨天聽我分享水源由來的故事後，他們一夥人去了水源處，深覺得不容易，又加上缺水，於是他們昨晚決定統統不洗澡，我聽了哈哈大笑，說：那以後我要多多講水的故事給客人聽。臨別，同學讓她的親友們在離開前，給我一些言語上的回饋。

　　同學的媽媽跟我的媽媽也是好朋友，她說：很了不起。短短四個字，我感到榮耀了我的母親；妹婿說，他到過許多地方，這裡讓他感覺最美、最有人文氣息、再加上我的故事最感動，不是可以拿來「比」的地方，一定會再來；有人足不出戶三天，有人覺得這裡的樹種太美太經典；多數人覺得這是個不可思議的地方，所到之處都太美了。其中一個小朋友說，東西太好吃了！這點最讓我開心，其實這幾天煮來煮去就是那幾道菜，麻辣臭豆腐、醋溜魚片、開陽白菜、燉牛肉、香草咖哩雞，已經練到爐火純青了。

　　除了費用，同學還給我一個紅包作為肯定，由衷感謝大家這麼支持。送走他們，感覺這個年進入尾聲了，明天起接著忙花，將落後的蘭花一一送進花市。

0127 星期五（初六）冷

閉關

不知不覺也拼到初六，9 天來第一次駛出紅門，爲了送貨下山，將年前未出的花，在新春開市的第一天送進市場，9天沒發動車，電瓶居然卡卡，應該是白馬王子在外面冷壞了。

0128 星期六 晴

小紅牛

大熊幫忙送來我買的二手小紅牛，方便花季剪花時載運，爲了這輛馬車，得要多務農幾年才不蝕本。

0129 星期日 很冷

揮別夢魘

一直覺得今年還沒有眞正冷到，因爲煤爐始終還沒搬出來，每年總在最冷的時候請出煤爐，好讓夜晚的工作室暖和一點，這兩天眞冷了，前天搬出煤爐居然點不著，可凍了？求救店家，原來是忘了裝電池，唉喲，多冷了兩天，眞夠豬頭，今晚工作室終於暖呼呼了。

年假結束，水塔尚有些水，順手將杜鵑區的灑水打開，讓植物滋潤一下，拿個東西一回頭就給忘了，待想起時，水塔又已見底，眞被自己打敗，又被水修理了，晚上，水壓仍流不上我二樓，澡也別洗了，於是和衣而睡。一月份，有三天水塔見底，永遠蓄不滿水塔，很有事，希望水不再是我的夢魘，祝今晚有個美夢，明天醒來，一切如常。

0130 星期一 晴
洗頭

今天洗頭時，幸福感像熱水般從頭灑下，這是我人生第一次洗頭有如提壺灌頂，充滿喜樂，不自覺在蓮蓬頭下站了好久好久，享受灑花的感覺，距離上一次洗頭是 10 天前了，我少用一點水，便能留給客人多一點水，這個年在水情告急下，有驚無險終結束了，終於可以放膽使用水。

頭髮蓬鬆的感覺真好！大洗之後，要回台中給媽媽看了。

0131 星期二 晴
愛情

我的資深讀者，80 幾歲的退休老師，周老師看完我的幾本書後，給了我一個建議。她說：「三本書都少了『愛情』，缺乏溫度，應該要著重。」

我覺得這個建議很好，哪怕是戰爭片、推理片，什麼戰士的片，一旦加入「愛情」元素確實會有注入溫暖的感覺。前題是要有「愛情」啊！老師。

二 月

心靈的傷口就像樹的傷口，它不會自
己癒合（再生），它需要週圍的組織來幫
它修復，慢慢地、漸漸地將傷口覆蓋，
同時茁壯樹體，覆蓋下的傷痕會一直存
在，只是會愈埋愈深…

二 月

0205 星期日 晴
癒合組織

　　周老師入夜來電，為我不捨，說我這樣的女子，美麗、智慧、能幹卻獨自一人埋首在山中工作，承受寂寞，上天對我太不公平了。

　　周老師總是反覆讀我的書，好幾次讀到某個段落心有戚戚焉時，便會來電與我三言兩語話心境，對於書中過往的許多前塵往事，隨著時間推移，很多的傷心難過早已成為歷史留在書中，不去翻閱也就日益模糊，有時別人說起某段，才會勾起記憶，心靈的傷口就像樹的傷口，它不會自己癒合（再生），它需要週圍的組織來幫它修復，慢慢地、漸漸地將傷口覆蓋，同時茁壯樹體，覆蓋下的傷痕會一直存在，只是會愈埋愈深，而我，若不是經由周圍這些人、工作、目標，修復我曾受傷的心靈，恐怕無法茁壯，現在，隨著時間，我的傷口已經深到被癒合組織完美封住。

0206 星期一 晴
蓮花池

　　我將雙心蓮花池給敲了，別問我發生什麼事？！有一天我被雷打到，於是敲了它，全部打掉，才一年多的作品，然後又起一個圓，這個圓裡面有許多故事，妙不可言！

有一天，一個朋友，帶濟公來喝咖啡，得知我生意不好，便跟濟公說：「幫她忙吧！」於是有了一連串的風生水起。

　　首先，濟公來到我的蓮花池，一見蓮花池，說，一串雙心猶如一把箭射出，不好，作個圓，圓滿，再種個蓮花，風生水起，一切好運自然發生，生意自然好轉，於是他看了看天，又看了看地，食指一比，說，就是這裡，用圓圍起來，同行的友人拿起一旁的竹竿插進土裡作記號，濟公唸了唸咒語，原本晦暗不明的天空，剎那間明亮起來，三十秒有，接著滴了幾滴雨，不超過十滴，天空再度回到陰暗，有點妙了，雖然我對風水這檔事不熱衷，但此時也不得不有點敬畏。

　　他們離開後，這件事我也沒放在心上，經過了大半個月風風雨雨的天氣，大傘數度被風吹得滿園跑，唯獨這根竹竿沒倒，心想，是徵兆，因此，我把雙心蓮花池給敲了。

　　濟公很認真追我的進度，從知道雙心蓮花池敲掉後，三天兩頭關心，如果用工作的角度看，他對工作很認真，對於業主善盡指導本份，經過多日，圓形蓮花池終於完工，濟公準備好所有辦法事的用品來為我開池，助運，兩天一夜，一切行禮如儀。

0207 星期二 晴

妙不可言

巡視水源，查看水塔是我每天例行工作。

今早，法事完成後，送走師父，下午，我照慣例巡視水源，查看水塔。一攀上大水塔，打開蓋子，赫然看見一條黑白相間的蛇捲曲身子，緊貼著蓋口邊緣很窄的盾上，瞟了我一眼，我們幾乎平視，距離很近，我愣了一下，手緊抓著攀上水塔的小鐵梯，連後退的餘地都沒有，我想，當下我與蛇想的應該是同一件事：「萬一對方先出手的話。」不是它落入水中，就是我從水塔上摔落地面，或是我們雙雙墜落，顯然我們都不想大動干戈。牠按兵不動，我則輕輕拉上水塔蓋，一樣用石頭壓住，然後慢慢順著梯子下來。如果是 5 年前，我恐怕要花容失色，從上面滾下來，拜這幾年山居生活所賜，勇敢了不少。

而我真正的想法是，經過兩天一夜，法事完成後，所得到的卦象「坤澤臨」，蛇原本該在地上，卻跑到水塔上，故坤在上，澤在下，單純就事業而言確實是吉卦，意即法事圓滿，老天應允所求，以卦象示之 (哈！陳半仙)。除此之外，師父尚有一解讀是，玄天上帝駕臨，玄天上帝乃腳踩蛇龜而來，用蛇示現。

無論如何，整件事妙不可言，再則一個大圓水塔，想不透蛇是怎麼爬上去的！況且才立春。

0211 星期六 晴

小姐姐們

今天由我的資深讀者－周老師，帶領一群 80 歲以上的小姐姐們來用餐，大家雖然走不遠、走不久，但都精神奕奕，並且給予我極大的支持，每個人都有好多話跟我說，行前，多數人都讀過我的書，對我不陌生，唯對我的長像訝異，應該是歷經滄桑，或黑黑壯壯才對，我很神氣讓大家有一個「驚豔」，只是我的長相不是重點，重點是這些 80 的小姐姐們個個仍精神抖擻，是我的榜樣。

0212 星期日 晴

紫砂壺

大茶壺搬到這裡也兩年半了，日月風霜將它身子骨給愈來愈單薄，有些鋼筋裸露，於是，前些日子便偕同工人修復它，為了整理它的方法，問了又問，也上網搜尋，但得到的方式要嘛太花費，要嘛太專業，最終我用自己的方法，就是直接塗抹「無收縮水泥」，一開始工人是用塗水泥的方式，用刮刀上泥，但一坨一坨的像極了虎皮膏藥，真不好看，再用砂輪機磨平，砂輪片很快便不堪用，粉塵又漫天飛，效果不佳，不知如何是好？

有一天山上大哥來花園，看到我皺著眉頭，建議我試試用刷子刷上，果然，就像噴漿，美多了，如果一開始就用這種方法，水泥至少省一半，總計用了二十包，唉！千金難買早知道。

最後，將它變身紫砂壺，然後有請大嫂用金色漆寫上「福都來」，美麗大茶壺再現。

0213 星期一 晴
國中同學

我們每年都會交換紅包，給彼此祝福，今天我們穿上姐妹裝，說是提前過情人節，一起逛街、一起吃飯喝酒，一起解悶，然後又各奔前程，人生有多少個四十年朋友，猶記得學生時代的我們倆互看不順眼，她是乖乖牌學生，我則是離經叛道，沒想到畢業後我們竟成了好朋友，也互爲人生路上的拉拉隊，我們是國中同學。

0214 星期二 陰雨
情人節快樂

今天終於老老實實下了一場雨，舉樹歡騰，42 天了，雖半大不小，但足夠浸潤土層，這比情人節更讓我快樂，讓我情人節快樂的還不止下雨，還有，移植不甚折斷的櫻花樹長新芽了！(原由寫在 1/6) 這是最棒的情人節禮物。

0215 星期三 涼爽
仙境

拜昨天那場雨所賜，今天有了美麗的雲海，一直到下午我都在仙境裡。今年雲海跟雨水一樣很少，但總是會來。

希望我的山居生活，能帶給山下的您，感同身受山上的美。

0218 星期六 晴
老朋友

我唯一的大陸朋友來訪，以前我們是商業往來，後來不再有商業往來，她來台灣一樣知會我，找我吃個飯，敍敍舊，反而愈像老朋友了，這次她夥同一位在台灣的前輩來住上一晚，原先想幫她訂飯店，我說這裡不比星級飯店，妳出差能住好，不要將就了，她一句「有床就好」是真性情，沒把我這個姐當外人，我歡喜迎接他們到來，三人好久不見，尤其前輩，若不是妹子，又怎麼能有機會見上一面呢？

0219 星期日 晴
11 年

今天是我在花園滿 11 年的日子，獨撐大局 5 年。明天將邁入第 12 年，往後若還能再撐過 9 年，我便要退休了。

山居生活沒有虧欠我，我曾經以為撐不過第 7 年、8 年、9 年……卻一年一年撐過了，它讓我愈來愈怡然自得，20 年是我的目標，期許。當然，這過程必需要謝謝支持我的每一位，哪怕是一杯咖啡都是對我的鼓勵，一個人不容易，但有了大家的愛，我才能變得不簡單。

今晚我仍要敬自己能堅持 11 年一杯酒和兩個字「勇敢」。

0220 星期一 晴

台東快閃

感覺很久沒有去台東看何大哥了，這兩天得空，找了司機特地跑趟池上去探望他，也到太麻里叨擾看我長大的隆哥（哈！吃他豆腐了）夫婦。

何大哥說，前陣子看到一群藍鵲在他林子裡，心想應該會有意外的訪客到來，居然是我，感覺得出來他看到我很開心，滔滔不絕說著近況，也說很久沒跟人類往來了，敬佩何大哥能隱居在山裡。送何大哥虎頭蘭，他一見花便說：「好熟悉啊！」我說這些花肯定也這麼想。一直很感念 9 年前他到花園幫忙，可惜到的時間有點晚，不能暢所欲言，天將暗，便匆匆離開，這一別恐怕又是一年半載了。

來回 900 公里，只逗留兩站，標準瘋子行徑。

0224 星期五 晴

全村公敵

鄰居來電，跟我說，自來水要開始做分錶了，只有我沒有在村子名單裡，他偷偷告訴我，讓我想辦法跟上進度，但千萬千萬別跟人說是他「告密」的……語末，又說，要我跟村人好相處些……。掛斷電話我其實滿難過的，難過的不是自來水名單沒有我，自來水是公單位的事，又不是公田村私有，一切依法辦理，而是，原來我是全村公敵。

　　下午，我去自來水公司辦理請水，去之前先查問所需攜帶的資料，最困難的是其中一項文件，要同為嘉義人作為「保證人」，這是什麼鬼啊！意思是如果在地沒有朋友，就別用自來水了是嗎？厚臉皮的跟朋友提出這個請求，並且告訴他，我一定會乖乖繳水費。但我真覺得這種事只需要斷水就好了，哪需要什麼保證人啊！我提出質疑，承辦人員才說，也可以繳保證金，齁，就不能一次在電話裡說清楚嗎？害我還得拜託朋友擔保。

　　五年來，水的事從來沒有讓我省心過。夜闌人靜時，不免想，我為什麼還要堅持留在這裡呢？只為了我那成林的夢想，值得嗎？

　　其實，老天待我不薄，祂讓我有後路可退，隨時可以打包「花舞山嵐」(易主)，遠離農活，回台中過都市生活，每天光鮮亮麗，不用在山上過著諜對諜的生活；同時又讓我選擇，能讓生命有意義的山居生活，或許因為有退路，我更加無畏無懼，最壞就是縱身一躍歸去(台中)來兮。

0225 星期六 冷
雲海

　　難得雲海湧現，精神了大家，一早，有點冷，天際迷濛，雲海載浮載沉，原本寧靜的農莊，忽然騷動起來，露友紛紛出籠，美景當前，魅力無法擋。

0226 星期日 冷

打工換宿

　　這週換宿的是我高中同學夫婦，今天工作如下：

　　一、下山載三桶瓦斯及倒一車垃圾，露營後垃圾實在太多了。

　　二、搬出手動脫殼機，將今年所採收的咖啡豆全部脫皮，手動脫殼機很像古早時候搖到冰的機器，隨著咖啡豆愈來愈多，人工脫殼已緩不濟急，去年用日曬法後載出去給專門脫殼的店家代為脫殼，費用頗為不划算，加上不諳日曬，豆子脫殼後並不漂亮，於是今年添購了脫殼機，同學夫婦合作無間，一天下來才將約莫 2、30 公斤的咖啡豆搞定，工程之浩大！並允諾來年的 228 都要來跟咖啡豆奮戰，我拍手叫好，說：「有錄音為證哦！」

　　三、搓 63 顆地瓜球。

　　我說他們這週是自投羅網，以後應該不敢來了，其實農莊沒有「打工換宿」這件事，都是朋友來幫忙，愛作就作，不想作就放空，有時候會有忙不完的工作，有時候閒到嗑瓜子聊天都會，說不準。

0227 星期一 晴

最愛是樹

228 連假第三天，中午送走同學夫婦後，便翻牌公休了，理由是，本週所得夠了，留一天半的假期給自己。關上大門後，放著滿廚房待清洗鍋碗瓢盆、待整理客房，便偕同工人去林區種些樹，同時修剪去年補植的台東石楠枝條，我最愛的果然是樹。

每年總要補植不少樹，有些存活，有些長勢不佳，有些樹種甚至全軍覆沒，造林第四年了，一年種過一年，有些不毛之地怎麼種就是不見起色，植物愈種強勢，什麼耐旱、耐貧脊、先驅樹種，統統請出來，石楠沒有讓我失望，長勢好，存活率高。

前陣子種了些桉樹，發現它對這裡環境接受度高，長勢特別好，用它來與那滿是石礫的山坡地對抗，相信能在荊棘裡開出花，於是，最近又買了一批桉樹苗，普植在蠻荒之處，明年便見真章了。

0228 星期二 晴

別了，檸檬黃

這週杜鵑花開滿了遍野，太陽將粉紅色杜鵑照得發亮，美麗到極點；另一邊則是檸檬黃的虎頭蘭植株被我銷毀堆積如一座小山。

虎頭蘭，檸檬黃色一直以來都是最後開的一枝花，往往
到了後期，天候因素，容易得病，個頭又小，市場價格相對
差，經常是壞率大於良率，壞的便一籃籃送人，這些年，總
是得過且過，今年，我痛定思痛，決定淘汰檸檬黃，只留下
部份，一、兩千株就這麼一一丟到邊坡下，我想，是該試著
告別虎頭蘭的時候了，每年花後的工作總會安排兩個月作分
盆，但檸檬黃讓我有所省思，今後將不再分盆，反而是漸進
式地將植株慢慢淘汰，別了，檸檬黃。

三 月

此生，若有什麼值得榮耀的事，將歸
功於我母親無盡的愛。

三月

0301 星期三 晴
完美的土球

今天最開心的事莫過於，終於包覆一個完美的土球，之前土球都包不好，如果每天都能有一個「終於」的開心，那是多麼棒呀！

朋友給了我一棵熟齡樹葡萄，還先幫我用小怪手鬆土，若沒有先這麼做，我恐怕和工人光這一個土球要搞上半天，小怪手出手果然快，一個半小時搞定一顆土球，最後還用怪手吊掛放置在我後車斗，載回家。工人一度很擔心，這麼大顆土球，回花園，沒機具，就我們兩人要怎麼讓它下車？姐姐早就想好了，車就定位，球滾下來，扶直，種好，哈！不費吹灰之力。

整個過程最慘的是，指甲在挖土的時候掀開了，痛。

0302 星期四 晴
楊老師

先公告一下，3/3-10休園。理由是，要返鄉和同學小聚，結論是，不想上班，理由很多。

上週去看何大哥，今天去見何大嫂，楊老師。得知楊老師人就在嘉義新港，約了時間便去，數年不見，熱情依舊，

但我幾乎要忘了她的長相，在相擁那一刻，彷彿時間又回來了，我們滔滔不絕快轉這些年。讓我覺得有趣的是，現何大哥隱居山林，而楊老師卻在作共生家園這一塊。她邀我將來有機會試試「共生」，不至於孤獨老，我開玩笑回答：「但我比較想和何大哥一樣，過著隱居的生活耶！」

久別重逢，卻近在咫尺，相約再見，一定。

0304 星期六 晴

同學會

我今年肯定犯水，開春至今，山上不知道追了多少次水，回台中第一天醒來居然沒水！沒水！今晚老師及同學聚集來我家晚餐，沒水，可好！？一樣是一群人等著吃飯，簡直是山上翻版，總是在一群人的時候跟我玩沒水，有了山上的經驗，我並沒有很慌，況且都是老同學，最差就是外食或叫外賣，只是不免覺得水在考驗著我的耐受度。

所有經驗的累積都是在培養不驚不怖，因為山上水塔數次無水，追水的過程中，來來回回、上上下下，多少有點認知基礎。首先，先檢查水塔確定水量，繼前年小史非要我爬上頂樓看屋瓦後，這是 17 年來第二次再度爬上頂樓，卻是第一次查看水塔，並且是上上下下無數次，在爬上爬下中不禁想，今天我肯定彌補了對頂樓的虧欠。

水塔滴滴答答，真慘，到了下午好不容易收集了一些水，

煮晚餐是沒問題了，但沒想到善後洗滌，洗到一半居然滴水不剩，慘！鍋碗瓢盆可以不洗，但人不能不洗，依水位，至少一樓還有些冷水，於是換人簡單盥洗，但沒想到才洗完一個人就沒水了！排第二的我，好想哭，一群女生，卻沒半點水，除了慘也不知道要怎麼形容。

時間來到九點半，大夥討論是否去汽車旅館「休息」，兩三小時夠五個人洗完澡了，我第一個棄權，早上烹煮，下午接人，忙了一天，雖然已是油頭垢面，但此時只想把自己擺平；過年期間，在山上一樣是水荒，我十天沒洗頭，三天沒洗澡都撐過了，這區區一晚猶如小菜一疊，不算什麼，所有經驗的累積都是在培養不驚不怖，無有恐怖，續航力零的我倒頭便睡，留下一群女人繼續在客廳閒扯，等候水的降臨。

0307 星期二 晴
沖煞

昨天下午車子進廠保養，賴老師來接我，夥同兩位朋友，去另一個山頭看一店家要出清的貨櫃屋，一進入山路我開始打哈欠，一直打，沒有停過，一度還以為缺氧，窗戶也開了，從來沒有過的情況，太不尋常了，身體開始忽冷忽熱，整個人超級不舒服，我是上山下海都不暈的人，突然，我想作嘔，氣弱問了一句：「有沒有塑膠袋？」大夥還來不及反應，賴老師有意識到我手扶車門把手的動作，即刻停車，我車門一推，轉頭唏哩嘩啦就吐了滿地，一吐再吐，連嘔四大口，可憐賴老師車門被我的嘔吐物噴濺如星光點點。

到了定點，同行一位老師看我臉色不對，我問是不是蒼白？因為我感到畏寒，她說：「發青。」我心裡有譜，腳步沈重，身體像被衝撞而過，應是沖煞了，別問我怎麼知道，山上住久的直覺，就好比自己知道感冒、發燒一樣。下山途中，雖然症狀緩和些，但仍不時打哈欠。

坐上自己的車，一樣開山路回農莊，不再打哈欠，回到家才六點多，更衣後便倒頭床上，再無力起身，昏沉兩個小時，才撐起身子，洗個熱水澡，再度昏睡。睡夢中被印表機突然啟動的聲音給喚醒，橫豎是無力起身，心想，最好列印出什麼鬼東西來嘿！

一覺到今天早上醒來，自覺還沒有正常，身體仍沈甸甸，於是打電話給一位濟公師父，他覺得我煞到山靈，幫我化解了，拜現代科技所賜，能透過視訊面對面，直到下午，終於整個人如常了。

這個山靈應該是靈動到我從另一個山頭來，想跟我身後的山靈打交道吧！果然是煞到，開始胡言亂語。

0308 星期三 晴
啟動退場機制

每年的這個時候總要開始清理花園，少數淘汰，多數分盆，而今年則淘汰多數，我吃了秤砣鐵了心，狠狠丟了一半檸檬黃（虎頭蘭），它顏色很美，鮮豔明亮，一堆虎頭蘭裡，

要屬它最耀眼，但個頭小，品質最不穩定，花瓣容易失水而塌軟，也最容易得病，照顧不易，經常採收到後期都是一籃一籃送人。

我想，如果九年後我要退場，那麼，關於那兩萬盆虎頭蘭退場機制也是要啟動了，其實早在三年前已開始將不佳植栽漸次淘汰，但仍每年一棧板椰塊在分盆，今年起不想再分盆了，若能適時減少產量，讓蘭花順勢退場再好不過。

在丟的過程中，好幾次，丟了又撿回來，端詳又端詳，花田裡來來回回走了好幾趟，在猶豫與不捨中徘徊。11 年的虎頭蘭生涯，它帶給我的從來都不是錢，甚至還有幾年是貼錢狀態，而是把我帶來山上，帶來花舞山嵐，成就一片樹林，還大地四甲生意盎然。

0309 星期四 晴
病危

媽媽在 2/24 因喘不過氣而住進醫院，期間該受的苦沒少過，也進了加護病房，病況上上下下，今日輪我進加護病房探視，一早便回台中，我呼喚她，媽媽對我的到來完全沒有意識，我眼淚已止不住流下，這是我從來未見過的母親模樣，我哭著說：「媽，您怎麼都不回答我？跟我說話好嗎？張開眼睛看我一眼，好不好？」我握住媽媽的手，悄悄在她耳邊輕聲：「如果佛祖來接您，就跟佛祖去，不然就趕快醒來，我們回家，我們回家……」我重覆著「我們回家」，眼淚再度止不住。護理人員走過來告訴我，主治醫師有話跟我說，讓我到診間找他。

我在診間外等所有患者都看完，已經經過一個小時半了，護理師才把我叫進診間，等候的時間，讓原本情緒激動的我緩和許多，醫師分析了媽媽的病情，並說明狀況不甚樂觀，給了我三個選項，讓我回去與家人們討論，我頓時紅了眼眶，醫師不再說話，我想以他的專業判斷，應該知道他再說下去，我要在他面前哭泣了。

　　我們兄弟姐妹選擇轉普通病房，多陪陪媽，每個人都可以一有空就去看看她，不用受限加護病房探視時間。

0312 星期日 晴
媽媽回家了

　　今年閏二月，按照台灣民俗，女兒要請媽媽吃豬腳麵線添壽。

　　我的媽媽自 2/24 住院至今，一直還沒回家，好不容易在昨天轉普通病房，手足們於是相約今天中午齊聚在病房為媽媽添壽，非常期待能再度與媽媽一起用餐，連姨媽都說要來，好開心，昨晚便先燉好豬腳，待一早加熱即可返台中與家人們歡聚。

　　7 點多，接到姐姐來電，這陣子總是很害怕接到家人來電，晚上更害怕手機響起，就怕媽媽怎麼了，果然，姐姐說：「媽媽心跳下降了……」我趕緊東西收一收，跟客人說再見，拎著那一鍋熱騰騰豬腳跳上車，直奔台中。

媽媽回家了，辛苦一輩子的媽媽終於回家了，家，一直是她的最愛，哪怕人生最後終點都要回到家，這點，想必我是遺傳媽媽，對於家，我們總是渴望，但總少了那麼一點什麼似的。

　　爸爸在我七歲便往生，從此媽媽一個人帶著四個小孩生存，小孩成了媽媽生活的重心，我們愈大，大到一個個離開家，然後走進另一個家，媽媽愈孤單，形單影隻的媽媽期待孩子們能常常回來，讓她看看，也看看她，但是大家都忙於工作，就算回家也像沾醬油，沒多待就走了。有期待就會有失落，有時我回去看她，離開時，她會像小孩子般希望我留下陪她一起睡覺，我因為經歷過巨大的孤獨數年，知道箇中滋味，期待，像黑暗中一根細小蠟燭，微弱到不能微弱的光，而今，媽媽那盞微弱的光終於滅了，我了不起的媽媽享壽82；不同於媽媽的是，我沒有小孩可以期待，但我仍渴望有一個圓滿的家，在這之前，我至少還有「媽媽的家」可以回，那一句：「媽，我回來看您了。」從此成為絕響。

　　20個月，我每星期回台中一趟陪媽媽吃飯，讓媽看看我，沒有間斷過，唯一一次中斷竟是今年的過年連假，讓我留下遺憾。這也是我唯一回台中的理由，曾經想，若媽媽不在了，那麼我還有什麼理由回台中？答案是「沒有。」它曾經是我媽的家，我婚姻的家，而今，兩者都不復見，台中離我愈來愈遠，爾後台中之於我要重新定義了。

0315 星期三 晴

讓善循環

又一個月沒下雨了，山澗的水也越來越小，平均收集一個禮拜的水才能灌溉一次花田。

這陣子白天總是很熱，熱到開始想要躲在屋裡。氣候一年不如一年，均溫提高，水位降低，越來越不適合花生存，爲了不要讓自己太快失業，唯有繼續種樹，讓溫度降低，留住山坡水分，回來繼續滋養花，讓善循環。

0316 星期四 晴

猶豫

因爲心有掛罣，有一門樹養護課程，猶豫了很久才報名，報名後又猶豫了很久才繳費，繳費了又很猶豫要不要去上課。

最後一刻才決定去上課，上課後覺得不虛此行，以前，剛開始接觸樹木相關課程時，實務面的課程我比較能理解，理論面通常是丈二金剛摸不著頭緒，漸漸地，聽懂理論後，覺得實務的操作有理論基礎似乎更能明瞭所作爲何。我總是慶幸自己能學以致用。

0319 星期日 晴

營主

　　小老弟阿宗，第一次見面是6年前，一年半前又聯絡上，三言兩語的問候，相隔6年沒再見過，今天他帶來朋友陳董，陳董也在經營露營區，但卻是玩票性質，第一次見面的新朋友很大方讓我試駕他的新跑車，跑一段山路，開慣皮卡，開跑車很像玩具車，輕巧好操控，我其實只想試乘，我真真實實不喜歡開車，哪怕這麼拉風的車都沒讓我心動，但陳董展現大器，說試駕才能感受御風而行，顯少有人能這麼大方讓別人試駕新車，尤其我是女性，多數人總覺得女人開車反應慢些，我也不例外。只是，瞧我腳下的雨鞋，有誰穿雨鞋開跑車的啦！我比較想可以美美地坐在副駕，讓長髮隨風飄逸……

　　多年不見，一見如故，不太熟的三個人天南地北聊得挺盡興，話說我們兩位營主都不太愛露營，也真沒搭過帳篷，實在有失營主身位，於是相約去露營，我提議野營，既然我們都是經營露營區，再去露營區也沒啥意思，對野營我倒是新鮮，但陳董很有意見，說他有露營拖車，要不就一晚露營車，也免搭帳了，兩晚民宿……唉哎，我一聽果然這位施(營)主是玩票性質，而我只是不認真的營主，應該有比較好吧！最後的結論是，「露營」我們用說的就好，不用真的身體力行，更省事了。

0322 星期三 晴

圓滿

　　媽媽的佛事今天圓滿，整整 11 天我們幫媽媽摺蓮花、衣服、元寶、紙鶴……兄弟姐妹與其孩子們一有空便圍坐一起，邊動手，邊說說往事，說說時事，偶而停下手邊工作，到靈堂前跟媽媽上柱香請安，我想這是媽媽生前最想要的闔家團圓。

　　媽媽的頭腦一直很清楚，卻苦了身體，最後一整年都臥床，身體飽受苦難，不捨她身心的苦，最後一天，我悄悄跪在媽媽的大體前磕頭，謝謝媽媽的身體，辛苦了，並且跟媽媽的身體告別，我知道這是最後一次看媽媽的形體，我將永遠記住您的美麗。

　　最後，封棺前，我們兄弟姐妹和孩子們圍著媽媽，分別送上準備好的隨行物品，我為媽媽別上一朵虎頭蘭，獻上我們深深的祝福，並且同聲說：「我愛您。」這是媽媽生前最愛說也最愛聽的一句話，祈望媽媽一路好走，帶著我們的愛與祝福前往極樂世界。

　　此生，若有什麼值得榮耀的事，將歸功於我母親無盡的愛，別了，我親愛的母親。

0323 星期四 晴

放下執念

　　媽媽化成灰燼依然是我的媽媽，不捨就這麼將她送走，我希望能將媽媽請回山上暫厝一個月，我問道教法師，法師覺得可行，但兄姐與長輩稍有意見，認為不妥，於是我與熟識已久的出家師父問起此事，她覺得美事一樁，並且認為在世的人應該不要有過多的執念，她依然是我的媽媽，不受形式上改變而有所穿鑿附會之說，我再度說服兄姐，希望他們能放心讓媽媽到我山上「小住」，在此同時我內心亦有了答案，如果兄姐仍認為不妥，那麼我將不再執著，如同師父所言：「不要執念。」我可以放下我的「希望」，讓媽媽最後一段路順遂，這才最重要。

　　最後，是手足們遂了我的願，讓我將媽媽請回山上暫厝一個月，雖然媽媽不再有言語，不再有形像，但想到媽媽在這裡，心裡多少踏實些。

　　將媽媽安置好後，下午載朋友下山繞道去了大克山，這名字真好聽，大克山，第一次入寶山，充滿驚豔，第一次看到彩紅桉樹群，行進間陣陣香氣飄來，沿途很美麗，很享受，走進森林與樹懈逅一直是我的最愛，腳步充滿輕快與喜悅，想必是我得償所願，媽媽來與山上與我同住，不自覺嘴角上揚，心中歡喜。

三 月

0324 星期五 晴

歲月靜好

　　這個月感覺很忙碌，起早趕晚，常常只為了回台中看一下住院中的媽媽，台中＝嘉義不知往返多少趟，少說也20趟，終於媽媽的事告一段落，有一種曲終人散的感覺。

　　下午回到山上，閒散花園，好安靜，好舒服，只有鳥叫聲，當下幸福湧上心頭，去媽媽靈堂前插上花，雙手合十跟媽媽稟報「我回來了」，陽光和煦灑落在花房裡，有一種靜謐，果然歲月靜好！

　　離開五天了，水塔竟是空的，花園就像沒人鎮守，亂了，水塔在上週六就開始作怪，有進水，但沒留住，我不在期間心裡一直記掛著「水」，每天就是打電話回來給工人，叫他找找，再找找，昨天回來安置好媽媽後，又趕緊巡了一遍，雖然沒什麼斬獲，但把該關的都關了，今天一回來，發現水塔把水留住了，真是怪了，只能說，今年被水修理的很慘。

0325 星期六 白晴晚雨

美的旋律

　　賴師來晚餐，席間，卓蘭同業朋友傳來訊息，說他們那邊下雨了，問我這裡呢？我回以羨慕語氣，這裡沒下。不久，聽見雨滴聲音，哇！簡直是天籟之音，我隨即跑到外面感受雨水，提高聲調跟賴老師歡呼：太棒了！太令人開心，應該要唱歌跳舞。賴老師馬上唱起：「若聽到雨（鼓）聲，阮的心

情就快活……」跟音樂人在一起就有這個優點，說唱就唱，說跳就跳。

上次下雨是 2/14，已經間隔 40 天，只是，雨不大，但無論如何是下雨了，不一會兒便停了，估計土層溼度不到一公分，希望入夜後能持續下雨，解大地的旱，解樹的渴。下雨，對旱季而言太重要，對我也太重要，為了樹和天氣談戀愛成了我山居的功課。

入夜後，果然又下雨了，雨聲，是今夜最美妙的旋律。

0327 星期一 晴

台中家

卓蘭同業朋友（陳董），邀我去他們露營區午餐，給了我高規桌邊服務，精緻鐵板燒，主廚當然是小老弟阿宗囉！

我因為早餐囫圇吞棗，一口氣開了兩小時半的車，一進去便嚷嚷肚子餓，自顧自地走進廚房，用手抓了爐上鍋子一顆昨晚的魯蛋就往嘴裡塞，完全不顧形象，好像回到自己家似的。

三個人瞎扯了一下午，很開心，但驅車回自己台中家路上，因為少了去看媽媽，我開始思考台中之於我的意義，有那麼一刹那，覺得台中離我好遠，雖然我已到台中了，卻對回到一個人的家顯得意興闌珊。

0328 星期二 晴

小菜一疊

　　小史的媽媽生病住院長達兩個月之久，因此書的進度落後不少，我也偷閒不少，「2022山居生活」，自認為寫得不好，不夠生動，用詞上也淺顯，我給它的定位是小菜一疊，想想，誰會在乎小菜一疊呢？慢了就慢了吧！

　　今天我們又重啟書的進度，把心再度拉回工作軌道，把生活定位好。

....

　　這週，我照常回台中，回媽媽家，只是，這回是幫媽媽整理遺物，總覺得媽媽還沒離開，媽媽的東西嚴格說來不多，惜福的東西很多，客家妹精神在媽媽身上一覽無遺，因為夠勤儉持家，所以能一個人帶大四個小孩，在那個很貧困的年代，還能攢錢買房，讓年幼的我們不用經常搬家，一位了不起的女性，覺得虧欠媽媽太多太多。常想，我有一部份堅毅的底氣，應該受母親身教影響很大，若不是母親夠強大也不能造就她女兒夠勇敢，謝謝我美麗的母親庇蔭了我。

0329 星期三 晴

意識錯亂

　　昨晚睡得並不安穩，半夢半醒，好幾次睡夢中不知道自己在哪裡？微微張開眼睛，看了周圍，知道自己在嘉義，但不一會兒，睡著又醒來，依然不知道身處台中或嘉義，反反覆覆，雖是經常有的事，但昨夜次數多到像睡了好幾覺，我想是經常嘉義－台中往返的後遺症，尤其這個月特別頻繁，精神出現了無意識錯亂。

0330 星期四 晴

討債

　　一早，便與小花大作戰。小花，是我所有養過最花錢，最惹事生非的一條狗，直逼上門來討債的幫主。

　　牠被丟在花園大門，順手撿回來養，從小，就欺負雞、偷吃客人食物，大了，開始和狗打架、追路上的車、也被人打成重傷回來……有一次，不見幾天回來後，前掌疑似被補獸夾夾斷，為了不讓牠被截肢，我開始每天載牠看醫生，持續一個月，接下來一年的恢復期，每天幫牠換藥，好不容易前掌才好，又換皮膚病，吃了一個多月的藥，不見好轉，反而愈來愈嚴重，昨天換別家獸醫，研判不是皮膚病，而是毛囊蟲症，一種考驗飼主耐心來著的病症，果然是冤親債主。

　　於是，一早，便將牠拖來藥浴，除了幼年期洗過澡，就再也沒洗過澡，並且牠討厭水，一碰到水就飛天鑽地，像要牠的命，今天爲了要幫牠洗澡，眞是大陣仗，找工人來押著，好不容易才搞定，洗完牠，我也全身溼透了。

　　因爲知道小花是來討債，所以我不敢對牠不好。

0331 星期五 晴
指導教授

　　今天大熊幫我帶來姐姐的幫傭以備連假我人手不足，除了幫傭外，還帶上我研究所指導教授。說來有趣，大熊與我是多年舊識，去年她考上靜宜中文系，成了我學妹，不久她與我指導教授提起我，兩人就這麼聊起來，成了無話不聊亦師亦友，好交情程度讓我這個研究生都忌妒了，我與老師兩年所談的話都不及大熊一天與老師所交談的話多。

　　因爲大熊的關係，我與老師更顯親近，一直感恩指導教授當年支持我用創作畢業，造就我後來對寫作更加熱愛，我想，學術界不缺我一篇論文，但文學創作或許正等著我這位新人。晚餐，我與老師開玩笑，原來當年收我爲研究生全是爲了今天與大熊相遇，也因爲大熊的關係，我們師生三人有了交集，產生更多互動，緣來緣去形成一個圓，太有趣了。

四 月

　　沿著河川漫步在林中，傍著大樹，樹
認識我，要我走慢點，路滑，我點點頭，
謝謝它們一路陪伴。

四月

0401 星期六 雨
心甘情願

中午過後，客人陸續到來，正準備搭帳，居然下起雨，不是滂沱大雨，但也不小，這情況是最令人皺眉，有一客人顯得不太愉悅，看著溼答答泥濘的地，問我能不能換位子？真沒有位子可以換呀！又看著泥濘的地上有狗大便，直指著說：「掃一掃。」我一手拿著雨傘，一手拿著鏟子，將已被雨水快化成泥的狗糞鏟起來，拿到邊坡丟棄，行走間心裡有淡淡的哀愁，註定要被折磨來著。

另一個心境是快樂的，上週下了些雨至今，股股期盼仍是雨的到來，一場雨，雖然不大，但可緩解大地的乾旱，滋潤園區多少樹啊！光這點，被客人折磨也心甘情願。

今晚晚餐很特別，席間有最支持我的兩位好鄰居、兩位好朋友、兩位教授，大伙天南地北彷彿很熟識，其實都是一兩面之緣，來自不同領域，相同的是，都是愛護我的人，能共聚一堂，飲酒作樂，人生一大樂事。

0403 星期一 晴
假期

　　我大概是少數不喜歡放假的人，尤其開業後，更不喜歡了，特別是太長的假，像這次連假五天，感覺長了，三天剛好。因為我一個人的關係吧！放假來這裡的人多半是家人相聚或三五好友，而我的長假總是獨自在工作，從以前剛步入婚姻便如此，假期對我而言一直都不是快樂的日子，反而傷感。

　　照慣例，抽空檔巡視營區，檢查水量，來到絲柏區，從山嵐一路往下俯看，樹長大了，以前站在高處，還可以看見露營區營帳千奇百怪，現在，隱約可見營帳色彩，絕大部份被樹給遮蔽，很快地，營帳將隱身在樹林裡了，我總喜歡站在這個位置看農莊，很美麗，是用我的心血灌溉來的。

0405 星期三 午後陣雨
以一當百

　　媽媽走後，我第一次夢見她，很巧，今天是清明節。不僅媽媽，而是我們一家人，充滿著喜樂，夢裡我要結婚了，在家等男方來迎娶，媽媽打扮漂亮，充滿笑容，很開心，我也很快樂，盼很久終於要結婚了，第一次夢見結婚，多麼美麗的夢呀！相信也是媽媽所願，才迎來夢裡，希望美夢成真。

常常經過附近一間美麗的民宿，開業不久，沒想到下午，新鄰居一家來相識了，關於敦親睦鄰我是該慚愧，在這山頭混了 11 年，從不串門子，我的想法很簡單，因為喜歡安靜所以住到山上，住到山上也不想交朋友，但若有幸遇到志同道合便一起走一段。

帶新鄰居逛逛我的花園，同時還有一組客人在等我，於是跳過露營區、咖啡館、花卉等，直接介紹造林區，造林區不是我的營業項目，卻是我最驕傲的作品，末了，男主人對我豎起大拇指，自嘆弗如，並說我以一當百，「以一當百」不敢當，就隨心所欲玩玩罷了。

像最近是鳶尾花的季節，突然想種一池，於是起了一個又一個圓，準備種幾款不同花色鳶尾，好玩的事不賺錢，賺錢的事不好玩，向來如此。

0407 星期五 早陰午晴
醒來又是一天

清晨，我獨自在朋友的露營區醒來，多麼安靜呀！整個營區就我一人，走在山間，雲霧氤氳繚繞其中，鳥鳴只是怯怯幾聲，怕是驚擾了我；水池出水口就沒那麼含蓄了，大口大口噴出山泉，像似酒喝多吐了一池；沿著河川漫步在林中，傍著大樹，樹認識我，要我走慢點，路滑，我點點頭，謝謝它們一路陪伴。

　　一早，營區小老弟來幫我準備營養早餐，昨晚則幫我準備豐盛晚餐，並陪我喝幾杯紅酒，聊著人生五四三，餐畢問，一個人在這兒怕不怕？需要留下陪我嗎？我開玩笑：「你留下來，我才要害怕，回去吧！把所有燈都關上，連廁所燈都不要留給我。」黑暗對我而言就像孤獨稀鬆平常，常常不解，為什麼我的人生會走到剩下一個人？折磨來著？嘆！睡吧！醒來又是一天了，於是我這個不及格的營主，鑽進營區為我準備的露營車和衣而睡，算是露營初體驗了，只是，我的「露營」未免太沒誠意了。

．．

　　從露營區回到台中家，原本待一會兒便要回嘉義，坐著坐著，又起了不捨之心，不想動，坐在餐桌前望著電腦，孤單感油然而生，有一種即將窒息的感覺，我知道不能沉淪，唯有出去跑步讓心跳加速，承受生命之重。

　　跑在公園外圍一圈又一圈，很多人在運動，剛好垃圾車也在定點等候，婆婆媽媽拎著大包小包垃圾，往垃圾車一丟，然後東家長西家短一陣，好不熱鬧，有回到都市的感覺。這裡是一我開始跑步的公園，很久沒來這兒慢跑，不禁又回想起當初開始跑步的心境，當我覺得孤單的時候就出來跑步，往往幾圈後，孤單感不再，取而代之是滿身大汗，只想趕快回去沖澡，擺平，看場電影，然後睡覺，醒來又是一天。

0408 星期六 晴

不及格營主

今天四位正妹來露營，一陣忙活後，把我這個阿姨找來考試了。

「阿姨，可以請你教我們搭天幕嗎？」心想天幕那麼簡單，沒問題。東拉西扯，好一會兒，連讓一塊布站好都不會，這下糗大了，於是我發號司令，一人站一角固定位置，拉好營繩，然後把工人叫來打營釘，6個人搞定一個天幕，我肯定是全台最不及格的營主。

搭好的天幕歪七扭八，正妹們說，沒關係，有搭就好，擺好看也沒關係，接著就擺上桌椅、餐具、食物⋯⋯開始拍照，四個正妹，有兩個露肚臍，大夥擠眉弄眼、扭腰擺臀，青春洋溢，年輕就是一幅好風景！我也想露出肚臍、露出青春，但這年紀只剩鮪魚肚，歲月很誠實，還是欣賞美麗的風景就好，別自尋苦惱。

0409 星期日 細雨

採梅

可以採梅了！今天第一次採收梅子，相較去年，今年慢了兩週。不過，感覺梅子比去年多了，樹一年大過一年，產量多也是應該的，只是不到最後採收完畢，不知道多少產量，總之，歡迎舊雨新知趕快「採」購，大梅1斤60。

　　昨晚又作夢了，夢見一個男人抱著一個嬰兒來給我，讓我抱著他，我說，我想睡覺，可不可先放我床旁邊就好？

　　這個夢與 4/5 的夢似乎有連貫性，那時夢見我要結婚，才幾天，又夢見有人來給我送小孩，不知預言著什麼？又或者錯過了什麼？

0410 星期一 涼爽
樹痴

　　又到了失心瘋的季節，買苗、種樹、買苗、種樹……種樹一點都不好玩，還是很愛，人生因為不知道要作什麼，所以種樹，這是我能為這片土地所盡的棉薄之力，當我人生走到盡頭時我知道我沒有白活，那就值得了，如果掏出口袋只剩 100 元，我肯定拿 80 元去買樹苗，留 20 元吃飯，吃飽繼續種樹。

　　看著一堆又一堆的樹苗，心中滿是疑問，不覺又走到「為什麼」這個格子裡，為什麼我會在這裡？為什麼我一個人？為什麼我要種樹？而且一直種樹？為什麼不成林、不下山？為什麼我的人生一無所有？卻又滿山滿谷？為什麼我能承載一個山頭？為什麼要等到 60 歲才離開？太多的「為什麼」，讓我必須留下來找答案。

0411 星期二 熱

買蛋

　　好久沒有想哭的感覺了，下午去雜貨店買東西，突然看到蛋框裡有蛋，眼睛亮了起來，不知有幾百年沒買過蛋的樣子，小心翼翼拿了包好的一袋，結帳時，老闆問我，太多還太少？我投以不解的眼神，老闆說，太多可以拿一些起來，太少可以再拿。我簡直不敢相信，可以再拿一包！？

　　自從蛋荒以來，我就不再奢望買到蛋，要嘛又貴又限量，要嘛破蛋幾顆躺在藍子裡，要嘛貴森森的土雞蛋，有時還會聽到店家碎念客人「都沒買其它東西，以前也沒來過，就特地來買蛋……」成幾何時蛋成了奢侈品？去店家買蛋變得好有壓力，似乎沒買其它東西，要對不起老闆，蛋荒後，我也不再特別買蛋，有也罷，沒有也罷，今天終於買到蛋了，竟然是想哭啊！

....

　　這兩天在山坡種樹，天氣很熱，曬到全身發燙，衣服裡全溼了，經常是冬天在戶外工作冷到不要不要的，不然就是在山坡種樹，熱到不要不要的，再怎麼「不要不要」，還是要作，是使命也是自我存在的價值。

0412 星期三 涼爽

鳥兒盛會

桃子結實累累，但也傷痕累累，去年桃子是嚴重蟲害，今年則是連蟲都不敢來，五色鳥佔據了整棵樹，把桃子啄的精光，又吐了滿地青桃，肯定是吃了後悔，一吐為快。

別說桃子，今年三月櫻花果也是仔吐滿地，不經意走在櫻花路上，還會被櫻花果仔從天掉落給敲到頭，正當櫻花果紅咚咚掛滿樹上，令人垂涎欲滴，每天早晨各式類鳥兒便匯集共進早餐，多重唱好不熱鬧，我幾乎享受了整個月的鳥交響樂，以及欣賞到許多鳥類在樹上的英姿，儼然是一種交換。清晨，當我還在被窩裡，心想，這是哪裡？怎麼會有如此多鳥兒聚集在此歡唱？去年之前鳥兒們尚未發現這裡有美食，我總還能採摘些櫻花果玩玩，今年，給開眼界了，就像鳥兒的盛會一樣，儼然是呷好倒相報。

愛吃桃子的鳥倒是不多，但這不多，其實也夠驚人了，去年之前我還能吃到不少新鮮桃子，盛產後還得為製成桃子加工品傷腦筋，今年照這情形看來，是沒我的份了，雖然有點可惜，但也滿開心，見識到許多鳥類，花園的生態更豐富了，還好，鳥和蟲都不喜歡吃梅子，讓我還有一點收成。

0414 星期五 熱
改變

　　昨晚睡夢中先是一輛機車從頭頂呼嘯而過，接著又是一輛汽車急駛而過，每輛車子都離我好近，我想是今晚山上太安靜的關係，翻個身，汽車喇叭、救護車鳴笛聲，此起彼落，微微睜開眼睛，眼前窗簾、牆壁告訴我，我在台中家。

　　17 年前搬來這裡時，我住的這棟是當時唯一集合住宅，前面還是一片空地，沒有左鄰右舍，連當前的高架道路都沒有，很安靜，那時養狗完全沒壓力，放狗到處跑，漸漸地，右邊蓋起樓房，前面蓋起大樓，左邊大樓也拔地而起，快速道路不知不覺中，車子都上路了，附近大樓也接連豎立，不遠的醫院也蓬勃發展，寂靜的夜經常被車輛、救護車聲呼嘯而過給驚醒，養狗成了苦差事，回台中也漸漸成了苦差事，常常找不到停車位，時間繁榮了這裡，讓我來回嘉義、台中有了城鄉差距之感。

0415 星期六 熱
梅子完售

　　有一客人，連續三年來買梅，下午，他帶著一群國小同學來採梅，大家玩得開心，試吃也滿意，回去人手一袋。回去不久，有人傳訊息來，要再買 130 斤，我這小小春梅區，去年總產量也不過 200 斤，今年了不起 250 斤吧！從清明後我已售出 110 斤，算算，完售了！

去年，售出 100 斤，餘 100 斤我製成加工品，今年，看樣子，梅子不用忙、桃子也不用忙，可以清閒了！

　　有四對年輕情侶來露營，搭帳時，男生全打赤膊，很青春、很可愛，從我看男生開始用「可愛」來形容，就覺得自己有年紀了，還滿期待看自己變老的樣子，應該也會是「可愛」的老太婆吧！

0416 星期日 涼爽

角色

　　下午偕同工人採梅，一整個下午，兩人只採了 90 斤，脖子都快斷了，去年大幅修剪下枝條，將最低枝條提高到人的高度，因此，必須一直仰頭採梅，一下蹬梯子、一下踩椅子，腳也快沒力，不禁想，我到底是農人？還是商人？還是文人？不管哪一個角色，都沒有產值也都不專精，有點像眼前的梅子，眼高手低，我應該要務實一點，面對生活的現實，將梅樹矮化，將產值最大化，而不是美化梅樹的樹形，一昧追逐夢想，雖說如此，夢想還是鼓舞了我，成就一片林是我竭盡所能的歡喜，一樣沒有經濟效益，卻是我最得意的角色。

　　今天看到電費，2 萬多，眉頭皺了一下，2 萬多還是抄電錶人員手下留情，他說，我這兩個月電度爆增，若數度全計，恐怕要繳 2 倍，留一些度數在下一期……我估計是一、二月水塔馬達抽不停的關係，那兩個月嚴重與水相沖，三天

兩頭追水，馬達跟我一樣每天為了水轉不停。此時，自來水也開始佈管線，終於自來水佈管聲浪在兩年後有了動作，我在思考，水費跟電費熟重熟輕？或許等自來水暢通後該用自來水灌溉了！

0417 星期一 熱

梅完梅了

　　一早又繼續偕同工人採梅，真正的主力其實是工人，我雖然一同，但著重在整枝，儘量讓梅樹姿態優美，以為去年大幅修減，今年產梅量會銳減，結果出乎意料，比去年多了，原以為採完客人訂購的 150 斤後就可以告一段落了，沒想到看似不多的梅量，其實不計其數，這下「梅」完「梅」了，還有得忙了。

....

　　下午去郵局辦事，儲匯人員問我職業，我愣了三秒，回答「務農」，雖然昨天掛在梅樹上還在思考這個問題，但當被問及時，自己還是遲疑了一下，不應該遲疑的，我的的確確是農人身份，從五年前我深耕這片土地起，我的身份就不再是「商」，至於「文人」(寫作)是我給自己附庸風雅的角色罷了。

0418 星期二 晴

吃飯的樂趣

今夜有點微醺，朋友來晚餐，我一直想找回對吃飯的樂趣，尤其回台中，一樣是一個人吃飯，在山上不會那麼突顯孤單，這一直令我匪夷所思，台中所居住是個城市，住所那一條街大樓林立，上千戶都有，人來人往，車流不減，但才停下車即令我覺得孤寂；而山上，方圓四甲就我一戶，經常從早到晚一點聲響也沒有，入夜後竟從來沒有孤寂感，我猜想是環境的奇妙。

至少今晚的飯還算有趣，一個很認真烹飪，一個則很認真陪我喝酒聊天，我只要負責吃飯喝酒，一個小我 10 歲，一個大我 10 歲，這頓飯的組合還真有趣，但依然不是我要的「吃飯的樂趣」。

0419 星期三 陰雨

聖杯

傍晚，終於還是下雨了，這些時日天空總是悶悶的，雨似乎下不來，而我的心也懸著，每天像在擲筊，澆水是不澆水？四月份陸續種了不少樹苗，雨水對我太重要，投入的心血需要雨水成就，下雨像似老天許我一個聖杯，感謝雨水涵養大地。

0420 星期四 偶陣雨

談戀愛

最近像在和天氣談戀愛，無時不刻關注它，想著它，揣測它。

昨晚下了一陣雨，一早晴朗，種了些樹苗，不見烏雲，心想，來噴藥好了，但又覺得天色詭異，還是作罷，再種些樹好了，不久，真下起雨來，果然如戀人，摸不透天氣的心啊！

0422 星期六 晴

我是全家

已經一個月了，如我所願，一早便送走媽媽，這一個月我隨時能去跟媽媽說說話，看看她，很安心，感謝兄弟姐妹們成全，爾後，「我」就是全家了。

0425 星期二 涼爽

從香港來露營

小狗們的乾媽的朋友 A，遠從香港來露營，令我訝異的是，他們連裝備都從香港攜帶過來，每人一只行李箱，裡面裝的全是帳篷、睡袋、桌椅、餐具、烹調醬料等裝備，台灣 6 天行程，有 4 天待在我的營區裡享受野外生活，而我也蹭了 3 天的晚餐，燒烤、火鍋、燒烤，每餐都令我非常期待。

我看他們每餐總是很有儀式感，還帶了 5 位天團的公仔一起早餐，餐畢，附近走走，不久便回來，午茶時間手磨咖啡、煎餅、音樂，很安靜地享受時光，四天慢活，悠哉悠哉，享受大自然美景，一行人對花舞山嵐感到滿意，一直到最後一刻，返回香港才拔營離開。

　　他們帶了一樣令我訝異的伴手禮回香港－兩顆高麗菜！他們覺得台灣高麗菜太好吃，甚至生吃，每餐都吃，我問能入境嗎？他們說，香港就是這點可愛，什麼都能攜入境什麼都不奇怪。

0426 星期三 涼爽
愛玉苗

　　這是件很瘋狂的事，為了 60 株愛玉苗，三個人一早從嘉義出發到台東龍泉苗圃領苗，歷經 16 小時歸來。

　　三月底跟林管處訂 60 株愛玉苗，也不過 2400 元，再一週就過領苗期，一度很想棄單，特地跑台東領苗，怎麼算，這一趟都不划算，又找不到人幫我從台東寄回，更找不到人一起去台東玩玩，而我肯定無能一個人開車來回台東、嘉義。這一兩個月與頤生園陳董、阿宗小老弟過從甚密，說起此事，兩人情義相挺，二話不說，索性開車兜風去，當天往返，別說護花使者，就當護樹使者，愛玉苗他們認親了！我說，沒問題，終生吃愛玉免費。就這樣拍板定案，兩人昨晚先從台中來山上住一晚，待天一亮就出發。

記得十年前流行水波爐，台灣還不普遍，價格昂貴，許多人從日本帶回來，那時我去日本旅遊，也想帶一台回台灣，但很猶豫，又大又重，同行姐妹們說：如果你真想帶回台灣，我們就幫你。果然，就像一句名言「真心想完成一件事，整個宇宙都會來幫你。」如同領苗這件事，心裡一直記掛著，最後一刻竟然有人跳出來，說了同樣的話，只要你想拿回來，我們就一起去，幫你開車。

　　這60株愛玉苗身價不凡了，開賓士休旅車去接苗，外加三個人16小時護送，我一定要好好照顧它們。話說，這大賓休旅車的客座是按摩椅，可躺平，空間寬敞，還有小桌板可餐飲，直逼飛機商務艙，陳董安排我坐後座，舒服，但我直接跑到副駕駛座，心想，這漫漫長路，車掌肯定比座艙長更需要，我非常想當座艙長，尤其時間愈晚，愈覬覦座艙長職位，累了，喝杯紅酒，小寐片刻多享受呀！但，我一直以來的優點就是很認份，乖乖當了16小時車掌小姐，沒閤眼，儘管兩位仁兄輪流開車、休息，我依然堅守崗位，他們義不容辭陪我跑這一趟，沒讓我開到車，對我已是愛護有加，說什麼我也不能棄司機於不顧，陪開車的人說說話，幫忙眼觀四面耳聽八方，確保長途跋涉安全是我這個車掌小姐的榮幸。

　　去程一路順暢，約莫五小時便抵達目的地，回程因為時間還早，陳董提議走南橫，大夥附議，覺得能走久違的南橫是一種美麗，沒想到，功課沒作足，開了兩個多小時，愈發不對勁，對向車不斷駛來，後面卻完全無來車，我查了資訊，有管制時間，但不太能理解，問了路人，終於明白了，一句

話：這時間，我們的方向過不去。當下我們三人一片嘩然，齁～折回去又要兩小時半，這趟南橫開五小時，完全沒有累積到進度，又要從頭開始，乖乖地開回省道，這時我車掌小姐的功能又發揮了：「各位旅客晚安，歡迎您搭乘大賓航班，從台東前往嘉義山上，預計路上航行時間是五小時，請您坐好，並繫好安全帶，為了航行安全，請關閉電子產品，不然要沒收，飛機即將起飛，預祝您有個愉快的夜晚～」搞笑能讓疲勞的夜晚多點精神。

晚上 11 點終於回到嘉義，腰都直不起了，下次我一定要當座艙長，好好坐在商務艙享受。

0428 星期五 晴

樣書

悄悄出版《山居生活 2》今天收到樣書，將印刷 200 本，不上通路，當我出版到《山居生活 10》就是我要退出山林的時候，這本書內容不值得說，要說的是，書從頭到尾都是小史操刀，從封面設計、內容插畫、申請書號、編輯、找印刷廠，最後由花舞山嵐出版，都是小史一手包辦，原計三月可出版，但農曆年前他母親大人微恙，他跟著請假，書進度延宕一個多月，現在他媽媽否極泰來，書也送印刷了，完美。

雖然內容是我寫的，但我很想說，其實是他的作品，值得收藏。

0429 星期六 晴

梅味

　　今年的梅子來得慢，去得快，從 4/10 開始採收，一直到今天最後一次採收，整整 20 天，沒想到出乎意料，今年總產量竟有 500 斤，多虧朋友相挺，賣了 350 斤，自己加工各式商品 150 斤，最後這一週真是忙死我，每天跟梅子奮戰，又是酒又是醋，整間房子都是梅味，醉了梅啊！

五 月

　不懂種樹的人卻發大願造林，造林後才學習樹的知識，之後還能去幫人種樹、修樹，這是自己此生都會覺得不可思議的事。

五月

0501 星期一 涼爽
詐騙集團

　　這兩天，久違的妹子遠從宜蘭來，阿宗小老弟則從台中要來體驗山居生活種樹月，好不熱鬧，而我上週已答應樂野好友，今天要去幫他民宿院子修枝剪葉，於是只好帶著兩個「大便當」一起去工作，主人好客，不僅請吃了早餐又請吃了午餐，還送了三份伴手禮，工資也領了，根本就是詐騙集團。

　　寧靜的部落，連工作都覺得悠閒，因為有妹子幫忙，進度比預期快，任務結束，我們坐在樹下乘涼，等待奮起湖便當，微風徐徐，吹翻與妹子久別的話匣子，細數這些年來的變化，叮叮噹噹，轉瞬間，我們從 18 歲來到半百，世事多變，卻沒變了我們的情感，妹子對我的好，總像我是她妹子，慚愧的姐姐，午餐後，我們將就此道別，感謝美麗的部落，讓我們有一個美麗的早上。

　　今天賺了 1500，下午就去買樹苗，花了 3 萬，瘋了。

0502 星期二 熱

柏

終究還是跟移植回來的銀柏說再見了！（寫在 2022/12/2），整整五個月，樹體沒有撐過來，很遺憾，檢討最大的原因是我移植技術不夠純熟，不健康的樹加上不純熟的技術，回天乏術不意外。

換上黃金扁柏，春天最閃亮的樹，與藍柏、藍冰柏、檀香柏並列，期待不久的將來閃耀這條柏路。

0503 星期三 晴

蒼蠅的季節

又到了附近檳榔林施雞屎肥的季節，不管有沒有腐熟，它就是雞屎肥，對我而言就是蒼蠅的季節，每年這個時候都要跟蒼蠅大作戰，粘蠅紙櫛比鱗次，而漫地飛舞的蒼蠅隨時等著我用餐，只要食材一備好，便群魔亂舞狂奔而來，我開玩笑：「如果吃到一半，我不見了，就是被蒼蠅抬走了。」中午吃飯動作得快一點，不然會搶輸蒼蠅。有人問我，怎麼能夠跟蒼蠅處得這麼融洽？我回，開什麼玩笑，我在山上混幾年了？自然也跟蒼蠅混熟得嘛！

不只蒼蠅的季節，也是螞蟻的季節，努力工作的螞蟻，到處跑，春天，授粉的季節，該出來活動的昆蟲都出籠了。

去年幫鄰居種的櫻花林，經過一年，都長大了，今天走上去，逐一檢視，並修剪基部的不定芽，以及倒伏枝條，確保每一棵樹都有美麗的樹形，同時將枯萎樹苗補植上新苗，這片 99 株櫻花林是我的作品，哪天它成林的時候，我肯定得意地說：我種的。

　　我之所以要「得意」是因為，五年前的我對種樹還一竅不通，不懂種樹的人卻發大願造林，造林後才學習樹的知識，之後還能去幫人種樹、修樹，這是自己此生都會覺得不可思議的事。

0505 星期五 晴

煙斗藤

　　今天的主角是煙斗藤，學名：馬兜鈴。今年的煙斗藤花長得特別多，長長的一串，像紅紅的手絹晾在半空中，客人總被它奇特的外形吸引而來，這株馬兜鈴已種七年，莖已經很粗，入冬時枝條與葉顯得乾枯缺乏精神，我便將其清除，只留下粗莖及少許枝條，一進入春天，它的藤蔓就像章魚觸鬚朝著八方快速襲捲而來，很快地便攀爬至蓬架，然後開花，形成一幅美麗的奇景。

　　原以為桃子會被鳥吃光光，也就不太理會，連走到桃樹下都沒勁，刻意去瞧瞧我愛的桃樹究竟如何，沒想到鳥兒倒是留了些給我，粉紅色桃子光用眼睛視吃，就心滿意足了。

阿宗實習了五天，一早即回台中，我瞧他喜不自勝的表情像極了出獄，山上就是這麼一回事，除了農活，沒啥事，體力活不好幹，終日灰頭土臉，也不是每個人都幹的了活，玩玩就好，下週我因為要出國旅遊，他自願來幫我鎮守農莊，說好不工作了，阿里山四處跑跑。

0506 星期六 很熱

身在曹營心在漢

　　終於開放國門旅遊了，旅行，從計畫就開始了。

　　四月初，無意間看到「東南亞最大植物園」標題，像在呼喚我要出國見識，地點─新加坡，我開始搜尋我的記憶體，這樣的地方，2014 年我去新加坡時怎麼沒去呢？還是忘了？忘了也罷，就再去一趟，我想這是滿適合一個人旅遊的國家，語言、交通、安全各方面可以放心出走，於是安排在五月第二週，原以為會是一個人的旅行，沒想到，最後竟演變成六個女人的旅行─大嫂、姐姐、桂姐、姪女、何同學、我。

　　於是，這一個月，大家開始計畫行程，每個人將想去的景點丟出來，很快地便塞滿每一天每一分每一秒，直逼行軍路線，旅遊票券漫天飛舞，與我原先「唯一行程─植物園」有了天壤之別，從 4 天 3 夜，變成 6 天 5 夜，從背包客棧變成金沙酒店。旅行，從計畫就開始了，這一個月已經身在曹營心在漢了。

　　要公告的是：明天起大掌櫃不在家，店小二留守，猴子代老虎班一週，沒事別入山呀！

....

　　今天立夏，熱到爆！五點半的天空依然湛藍。

0508 星期一 熱
阿凡達世界

　　2019 年出國至今，疫情期間出不了國門，那幾年也是我將農莊整理對外開放的歲月，一晃眼竟也四年了。凌晨三點摸黑出門，我真不愛眼睛都還沒睜開就得拖著行李上車，但好不容易能出國不也就鬧鐘一響便從床上跳起來嗎？幸運的是，我選的機位整排旁邊沒坐人，雖是經濟艙，卻將之發揮到商務艙的精神，在餐點後，我整個人得以擺平好好補眠，坐飛機最舒服的時刻莫過於此，身體能充份休息，醒來就能應付第一天的硬仗，怎麼搞得像要去作戰一樣呀！

　　這是我第三次到新加坡，但非常陌生，失憶的好處就是，不管來幾次都能像初來乍到處處驚喜。一群人在機場逗留換電話卡，七手八腳比預期的時間晚登記入房，三弄四弄三點才踏出旅店，終於。

　　第一站已經迫不及待直接坐計程車直奔阿凡達世界、花穹、雲霧林、天空樹，行程充滿美麗與魅力，驚嘆聲連連，幾年前還不見這些景點，有感來新加坡的次數趕不上這個國

五月

家進步的速度，不覺天色已暗，天空樹七彩霓紅燈已然亮起，不一會兒又是燈光秀，燈光滅後，大夥似乎也跟著沒電了，隨意吃個晚餐，便拖著沉重步伐離開，最後一刻回來飯店只能用不支倒地來形容，接著就喪失記憶，呼呼大睡了。

0509 星期二 熱
聖淘沙 / 遊湖 / 小印度

這是我前所未有，坐覽車最多的一天，一大早進入聖淘沙，便馬不停蹄一站又一站坐覽車，儼然第一個行程是「坐覽車」，覽車車票在記憶中總是很貴，今天卻覺得覽車很親民，上車下車，胡亂坐一通，坐到最後竟是放棄一段票，改坐輕軌回程。真覺得聖淘沙改變很多，以前沒那麼多遊樂設施，就一片美麗的沙灘，寧靜悠閒，這趟刷新了我的記憶，遊樂設施滿天飛，充滿熱情，活力四溢。

我們這群熟女礙於時間，只選了一項「天空喜立」玩去，就一個圓型吧台，從地面昇到天空 35 米，說是可以喝咖啡看天空，徹底放空，但我真不覺得把自己嚇得半死要怎麼喝咖啡？

很快地我們一群人殺出聖淘沙，往濱海灣遊湖去，雖然已經四點，但依然豔陽高照，整船滿載，我因為動作慢，只剩船尾位置，正好曬個通體，陽光直逼我而來，同行嫂嫂幫我照相，熱脹的臉活像隻河豚，我比個剪刀手，眼睛瞇成一條線看鏡頭，如果太陽會吃人，肯定先吃掉我的眼睛，遊湖

一點都不愜意，中途走了一批人，終於把眼睛還給我，看著沿岸擁有華麗建築群的濱海灣，太美麗，太進步了，如果能一直坐在小船中就這麼倚著船舷忽悠下去倒也無不可。

航程 40 分鐘，不長不短，起了睡意，回飯店盥洗小憩後換殺進小印度逛大街，買買買，同行我最節制，只買了三包咖哩粉，但我當了姐姐的挑夫，扛了一大袋，每個人都扛了一大袋後旋即殺出小印度返航，真不明白為什麼要殺進殺出，累死姐姐我了！

0510 星期三 熱
植物園 / 烏節路

今日自由行，雖然每天幾乎都像自由行，各走各的，但今天一踏出大門就各奔東西，有人過境馬來西亞、有人逛大街購物、有人飲食去，只有我一人去植物園，植物園是我一開始設定要來新加坡的目標，因此一早我特地穿上「花舞山嵐」紅 T，彷彿帶著我的花園參訪，一種精神象徵。

到植物園前，一行四人先去尋找瘋傳的網美景點，路上遇到同好，於是一起找尋，感覺像在尋寶，費了好些時間，看到那網美景點已經大排長龍等著拍照，真覺得瘋了，不就是一個天井嗎？好吧！人各有所好，海畔有逐臭之夫，確實很美，同行姐妹們跟風，我則坐在草地上歇會兒。一直到正中午才到達我期待的植物園。

正中午，大太陽，我用健行的步伐快速逛植物園，我想到四年前去印尼的植物園，那時充滿驚豔，一天仍意猶未盡，相較之下，兩小時結束新加坡植物園顯得太缺乏熱情，其實，走著走著，想起我曾來過這兒，也想起那時覺得這裡的植物園不夠「新奇」，也是快速逛過，記憶有點把我帶回來，為了不讓記憶繼續掀開過往，我加快腳步，隨即與我的姐姐會合，逛時尚大街，烏節路，時尚離我太遙遠，走馬看花，沒什麼斬穫。

晚上我最乖，一群人還在外奔波，我帶上生魚片當晚餐，一人早早回飯店擺平，獨享不開冷氣的房間（我與姐姐同房，姐姐每晚將冷氣開到超冷，對我而言像極了酷刑），最棒的時刻非此時莫屬。

0511 星期四 熱
金沙酒店 / 魚尾獅

今天是眾所期待的一天—金沙酒店。這個酒店是今天唯一行程，因為太貴了！每個人都是縮衣節食賭上今晚，要好好感受奢華，並且講好，睡覺不能閉眼睛，一閉上眼睛，錢就飛了，哈，那是要怎麼睡啦！

我們每個人儘可能換上漂亮的衣服，在奢華酒店逛華麗的百貨公司，感受金碧輝煌，買點東西犒賞自己，或買點禮物，不論是吃的、穿的、用的，全都吸引不了我，我甚至不知道要買禮物送誰，這趟，對購物完全沒有慾望，看看新玩

意還行，至於買回家就算了！以前出國也是盡興買，送誰這個、送誰那個，現在，一個人生活久了，心思也少了。

晚上時間總是不夠用，地標景點魚尾獅公園硬擠在今晚同時登場，又要看水舞，又要看燈光秀，還要去無邊際游泳池，全部走完，再吃晚餐都 11 點了，海底撈，邊撈邊打盹，一點才躺在那貴森森的床上，別說睜眼睡覺，一眨眼就不省人事了。

0512 星期五 熱
牛車水

今天的福利是睡到自然醒，賴床到不想賴為止。前面四天大夥趕行程，起早趕晚，半點時間不浪費，託貴貴房間的福，能賴到退房時間，也不枉費到此酒店一宿。

午餐後，變裝休閒服，再拖著行李回到平價酒店，這一夜像極了線上遊戲，從虛擬世界回到真實生活，晚餐來到牛車水華人商城，大啖肉骨茶湯，人間美味，在味蕾的催化下，買了第二件特產－肉骨茶包。我是這團購買力最差的，但我很滿意自己這趟沒有買東買西的表現，很乖，以後可以常帶自己出門。

0513 星期六 熱

星耀樟宜

　　能在機場裡搞個植物園，大概只有新加坡作的出來，因為連機場都是一個景點，所以，一早整裝好行囊就往機場出發，雖然是下午三點航班，但回家永遠不嫌早。

　　在報到過行李時，何同學的行李超重，真不知她怎麼買的，可以塞滿行李箱後還左一袋右一袋脖子再一袋，為了幫她分擔行李，我們倆跪在機場大廳拆解行李，這是我第二次很狠狠跪在機場大廳，並且都是因為她，多年前我們同行去日本東京，回程時也是她行李超重，我與她只好當場將行李重新組合，這次我們倆再度跪在機場大廳，老天爺啊！

　　新加坡之旅嚴格說起來不能用「好不好玩」下結論，它太進步了，屏除「玩」用詞，是很好旅遊的地方，旅遊總是能讓人放鬆，離開工作一直是我所需要作的事，平常早上醒來第一件事就是煮咖啡，喝咖啡，然後才開始一天，我一直以為我不能沒有咖啡，但這七天，我忘了咖啡，原來我可以不喝咖啡也能過一天。

0514 星期日 陰

睡飽

回到山上了。

這趟旅行最大的收穫是，今天我睡到 8 點半才睜開眼睛，是今年度至今最晚起的一天，平常因爲工作關係，6 點多就得起床，沒有一天睡飽，睡醒總是問自己：「什麼時候才能睡飽起床？」多虧新加坡之旅，每天像行軍，很認眞早出晚歸，累到一回飯店幾乎是癱了。昨晚，11 點才到台中家，12 點入睡，沒有冷吱吱的冷氣，不用趕早起床，安心又舒適的環境，一覺醒來已經 8 點半，總算讓我等到了。

已經常來的客人每回來都還說，我的樹突然長高了，我才一週沒見我的花園，一進我的小院子，發現籐蔓漫天飛舞，好像很久沒人住似的，能明白客人說的那種「樹突然長高」的感覺，放下行李，走一圈花園，看到芒果突然長大了，一串串紅咚咚，想到我那在海關被沒收的一顆 100 元芒果，在新加坡逛街時所買，知道是進口的所以貴，就想嚐嚐，哪知，連好好坐下來吃個水果的時間都沒有，以爲坐飛機時會吃，也忘了，芒果就這麼一直躺在背包裡，最終是落入回收箱，當時很是心疼，此時，莫非是芒果報恩來著？走在濛濛細雨花園中，美麗不輸他鄉，不覺我的假期還在進行中。

0515 星期一 陰雨
山居生活 2

　　收到第四本書，這本書如 2022 最後一天所寫，我以為 2021 出版《山居生活 1》已經回到生活面（前面兩本書的生命歷程太苦了），但回頭看 2022《山居生活 2》，儘是阿貓阿狗，沒什麼驚濤駭浪，才是真正回到了生活。

　　無論如何，謝謝這一年來走進書裡的人物，以及支持我的每一位親友，我會更努力深耕這片土地，不辜負大家的愛護，深深一鞠躬。

0517 星期三 晴 / 小雨
園區歌曲

　　最近在重編園區歌曲的影片，所用皆是這兩年內的人事物影像，銜接前一支園區歌曲的歷程，從兩支影片，看到花舞山嵐以及我的成長。一樣都有空拍畫面，拉到一個高度後，俯視園區，才驚覺農莊綠意盎然不少，與前一支空拍畫面仍光禿禿明顯進步許多，我則希望也能將自己的視野拉高，唯有拉到一個高度，所見的寬度才大，我雖然成就一片林區，受到多數人的肯定，但從高處看，它是那麼地渺小，足見我還有很大的成長空間仍須努力。

　　5 分鐘的影片，調整又調整，照片替換再替換，期望能呈現最美的一面，難為的是，小史已經聽上百遍園區歌曲，很洗腦，還再作最後的編輯，期待完整呈現。

0518 星期四 傍晚雨

給大地的厚禮

今天最大的工程就是，一整天跑了三個苗圃，接回 980 株苗木，是今年最後一批送給大地的厚禮，估計今年總植數量約 1300 株。連著三年補植都在 1000 株以上，數字代表我仍要不斷學習植樹與知識，讓補植數量下降，在學習中成長，是我從造林裡得到最深的體悟，人生半百從不會種樹開始，到一年種過一年，有些樹長成，漸次有了森林樣貌；有些樹消長，消長的次年就是補植，從消長到補植就是最大的學習過程，為什麼消長？環境與土壤？補植的樹種？在在讓我必須思考環環相扣的關係，包括人為與非人為因素，整個造林區就是我的森林遊樂場。

第二趟要載 500 株苗，苗圃人員問我，載得回去嗎？車很大，後車斗很小。我回：就這趟，全部一起回去。我喜歡「全部一起回去」這句話，代表我的信念。果然得償所願，塞滿整輛車，後車斗、後座、副駕駛座，500 株苗木全上車了，為我的白馬王子感到驕傲，滿載而歸。

明年的目標：數量減半！

0519 星期五 午後陣雨

傾盆大雨

好久沒有傾盆大雨了，午後一陣驟雨，讓我難得在花園裡放假，今年雨水來得晚，來得少，大雨，是多麼美妙的畫面，遠山近林莫不濛上一片詩（溼）意，藉此，收拾房間，寫寫文章，很愜意，很歡喜如此的山居生活。

0520 星期六 午後陣雨

榴槤惹的禍

一早收到很多訊息，關於「520」（我愛你）的祝福，我還是不明白這個日子為什麼要祝福？

預約的客人臨時取消，於是原本預定明天回台中的排程改為今日午後，正當準備離開時，萬客香姐姐與嘉義大哥來喝咖啡，聊到前晚姐姐和兒子去買榴槤，買到鬧進派出所的事，搞到三更半夜還在馬路邊狂飆（罵人），姐姐唱作俱佳，鉅細靡遺還原現場，聽得我目瞪口呆，只是，我很好奇，最後榴槤的下場？姐姐桌子一拍，依然火冒三丈，怒斥：「餵狗了！」

一切都是榴槤惹的禍，我想，榴槤從此在他們心中有了故事。

0521 星期日 晴

已讀不回

　　去新加坡旅遊的第三天 (5/10)，接到 A 同學問我 B 同學往生的訊息，訊息中顯示我應該知道這件事，我很訝異，我怎麼會知道？！趕緊回頭看 B 同學先生所傳訊息，啊！四月中，有傳訊息通知我，當時，我並沒有點開閱讀，只見最後一張是貼圖，便點選「已讀」，什麼事都可以「已讀不回」，人往生的通知，已讀不回，太失禮了！並且過了 23 天，早已錯過同學的告別式，當下馬上致電同學先生，跟他賠不是，電話中得知，同學中只通知我一人，我感到愧疚，因為疏忽，少了同學相送最後一程，當下允諾擇日去會會同學。

　　中午與同為同學的小美一同前去會會老同學，好久不見，沒想到再見已是天人永隔，太年輕了，不勝唏噓，相信在菩薩的帶領下，同學已離苦得樂。

0522 星期一 陰

村長

　　今天村長來找我簽名，關於簡易自來水，內容看不出什麼端倪，大抵就是相關的同意書。

　　心想，村長怎麼好意思來找我簽名？當初村民偷偷告訴我，自來水申請用戶名單裡沒有我的時候，為什麼身為一村之長的他沒有來知會他的村民一聲？這不是身為村長的職責嗎？而偷偷告訴我的村民，還千交代、萬交代，別說是他跟我說，就怕被貼上「抓耙仔」標籤，我不明白為什麼？

我很想不簽，很想讓村民再來圍堵我，如同兩年前，村民一二十人群聚至我家大門，揚言切斷我的用水，只因爲他們覺得公塔裡的水流到我家比較多，這是什麼道理？水會知道這是我家而逗留嗎？從此我彷彿成了全村公敵似的。很想問村長，爲什麼你不告訴我申裝自來水的名單裡沒有我？你不是村長嗎？村民的事不就是你的事嗎？這不是你的競選諾言嗎？兩年前你沒當我是村民，半夜傳訊息要我好自爲之，兩年後，你以村長姿態來找我簽名，因爲管線要從我家經過，你眞好意思要我簽名呀！？我又爲什麼要簽名？當初你們不給我水用，爲什麼現在我要給你們用的水經過我家門口？滑天下之大稽！

　　村長因爲生病，說話對他而言很吃力，含糊不清，完全不知所芸，罷了，吞下我的疑問，頂多得到編派的藉口又如何？終究要簽名蓋章，趕快送走村長吧！眼不見爲淨，只是眼前這個村長已失去我這個民心。

後記：
　　後來得知，村長要我簽的那份文件應該不是自來水管路埋設同意書，至於是什麼同意書眞不知道，枉費我唸到研究所，跟個文盲一樣，內容也沒細看，光聽村長胡謅就簽了。後來回想這件事，自來水管線早就埋設了，並且走的是公共道路，我太傻了，村長太壞了！

蔡姐，小狗們的乾媽來看狗兒子們，小花因為生病了，看到乾媽來一點勁都沒有，趴在地上動也不動，一付懶洋洋厭世的樣子，蔡姐急問：「是不是要掛了？」小花已經病了好一陣子，怎麼就是醫不好，我又開始跟牠綁在一起的日子，不只小花無精打彩，連我都顯得疲憊。蔡姐對我說：「小花若時候到了，就讓牠走啊！別強求。」對小花說：「要投胎做人，要讀書，不要再貪玩了，知道嗎？」蔡姐是第二位跟我養的狗說要投胎做人的事，我相信牠們都不會再當動物了，所受的苦夠了，而我，盡人事聽天命，但我真不覺得小花要掛了，倒覺得牠是折磨我來著。

　　想想，我不用伺奉父母，不用撫育小孩，倒欠這條狗，十足像極了牠的看護，到哪兒都要帶著牠，方便照顧牠，唉。

0523 星期二 陰 / 濃霧
鐵皮廁所

　　睡夢中，聽到大雨聲，但不知幾點，早上醒來，蔡姐說，昨晚大雨霹靂叭啦，雷聲轟隆隆，屋頂都震動了，我訝異昨晚有打雷嗎？全然不知，可見睡得有多沉呀！

　　下午拖車來吊走鐵皮廁所，鐵皮廁所有兩組(8間)，不管多少客人來，每次洗廁所就是全部都要洗，其實一組就夠了，但當初買的時候，非得兩組一起不可，早在去年就想賣掉一組，一直到這個月終於有人買了，從此可以少洗幾間廁所。

五月

　　這次吊車進來，明顯感覺樹長大了，以前吊車進進出出，樹磕磕碰碰無傷大雅，這次，司機一駛進來便說：「樹長大了，等等不好出去囉！」果不其然，出去時，廁所加上吊車高度4.5米，櫻花路的綠蔭慘遭左勾右拉，樹枝折斷不少，最慘的是大門那棵櫻花樹，已經又大又美麗，吊車因為打滑，三番兩次衝撞，導致整個樹幹折斷，原本好好的鐵皮廁所也撞得咪咪貓貓，兩敗俱傷，慘不忍睹。

0524 星期四 晴

沙豬

　　今天遇到沙豬，真不開心。

　　特地去五金行請店家介紹鍊鋸，男店家瞟了我一眼問：「你要用的嗎？」我搖搖頭（其實我也會用的到）。男店家說：「那我不介紹，叫要用的人來再介紹，不然只是白費唇舌。」我馬上改口，我要用的。男店家一付很不以為然：「你會用嗎？你用過嗎？你聽的懂嗎？你叫的出什麼品牌？」不就是一支鍊鋸嗎？

　　馬的牌。

0526 星期五 陰

疲於奔命

才五月，已經第四趟到台東，今天當天往返，早上 7 點出門，晚上 7 點到家，疲於奔命啊！因為朋友的店要結束營業，先讓我去帶一些用得著的細軟回來，找了朋友開車，我當是去兜風，雖然我只負責坐車，但回到山上還是感到累，尤其躺到床上那一刻像是在雲端上，整個人癱了。

0528 星期日 熱

青紅皂白

早上忙著做早餐，喚工人去採果，樹上還有一些桃子以及樹葡萄，千交代萬交代，桃子採紅的，樹葡萄採黑的，結果，我看到整籃不分青紅皂白的果子回來，臉都綠了！

最近覺得很忙，忙到不知道在忙什麼？所有的工作進度都落後，葉材至今一箱未出，已五月底，居然連最好款待的杜鵑葉材都無暇整理，始無前例；而領回來的樹苗只種下 100 株，有些工作沒有跟著工人一起作，要嘛進度出不來，要嘛出錯，前陣子一批新植的桉樹苗週遭不應該噴草藥，但我因為沒跟著，也以為工人應該知道，下場可想而知，這是最最最最令我沮喪的，花了很長時間培植後栽種，原本健康漂亮的苗木，如今奄奄一息。

時間對我始終是不夠用，最近有感人生走到「忙」境，想必已到能力底限，唸研究所時，教授曾說：「一個人可以走很久，一群人可以走很遠。」那時反覆思考這句話，不甚了解，經過多年後，最近頗能體會這句話。

一個人可以走很久，但一群人可以走很遠，我一個人已經走得夠久了，六年，如果我繼續一個人，只能維持現狀，花舞山嵐不會進步，一個人的能力有限，若要超越現況，得要再走遠一點，勢必要翻山越嶺才能再有一番氣象，而翻山越嶺已不是我一己之力足以應付，但要找到志同道合的人又談何容易？現階段只能一個人繼續上路，說不定路上能遇到同行的人。

0529 星期一 熱

作伴

下午正在山坡上混，遠遠見有人進來，大呼：誰？原來是客人朋友。我趕緊從山坡上溜下來。

若非親眼所見，客人不相信我真的在林子裡工作，問我怎麼辦到的，一個人日夜晨昏？我很想回答：這是我的宿命。但「宿命」兩個字從我這樣的人口中吐出顯得有點不協調。

客人說，想幫我介紹對象，可以來這裡幫忙作工，我回，又不是要找工人，工人一個月 3 萬，好差遣有效率，比較符合經濟效益。聊著聊著，客人說，還好有工人住這裡跟我作

伴。我說，工人是來作工，不是來作伴，我從來都不覺得工
人是在跟我作伴，若說守衛，那麼還比較接近，作伴的定義
在於相互陪伴，沒有金錢目的，可我們都是爲了工作而留在
這裡，目標很明確，爲了賺錢！

六 月

「你爸爸在天之靈，一定以你為榮。」
我相信是父親透過他傳遞對我的鼓勵，
很開心收到來自宇宙的訊息。

六月

0601 星期四 涼爽
小森林

　　跟客人互動做分享是稀鬆平常的事，但今天是第一次帶客人走進造林區，若不是大嫂從後方側錄，都不知道林區的樹在人的襯托下已然成一座小森林。

　　今天的客人是嘉義中埔紅瓦貓園區女主人－林姐，所辦的讀書會一日遊，一早學員們即來，涼爽的天氣，大夥先恣意走走，彼此噓寒問暖，接著坐在戶外座位，分享他們所閱讀的書，兩小時後，便是午餐時間，我為大家準備簡單的餐食，依表定時間，下午有半小時聽我作簡單的分享後，即帶領學員們逛園區，因為時間很充裕，順勢就走進造林區，我很少走進造林區作介紹，介紹造林區就真的很像在分享我的生命故事，有點不真實，共同的疑問是什麼起心動念造林？尤其是一個女性，逛完一小圈，我得到很多讚嘆，我將這些讚嘆歸功於大地，是大地造就這些樹群，而我不過就是一個牧羊人。

　　必須承認，我多麼有成就感於這座小森林，雖然多數人不解，它不僅沒有為我帶來經濟效益，我還要養它這件事，但豐盈生命的事從來都不需要理由。

0602 星期五 傍晚陣雨

善款

　　小狗們的乾媽匯來 2 萬元，說是贊助小花的醫藥費，我差點掉下眼淚，小花是很花錢，是我養過的狗中最花錢的一隻狗，但從沒想過會得到善款助養牠，雖說是乾媽，也就隨口說說，沒想到真當乾兒子了，小花這輩子有這位乾媽惦記著牠也值得了。曾經有人暗示我，牠本來就是流浪狗，就讓牠繼續流浪吧！工人也曾建議我把牠丟掉，說，花姐姐很多錢了。

　　以牠的現況，去流浪應該會餓死，不捨的是，一條虛弱的生命每天在眼前如風中殘燭令人難過，尤其牠曾經是那麼活潑。

....

　　搭配上字幕，新版園區歌曲已告一段落，第一版是三年前製作，相較於第一版，第二版農莊明顯成長許多，包括我也成長了不少，自己看了都覺得感動，字幕每一個落點的影片，都是小史經過深思熟慮後配置，尤其新人出現的那一幕，歌詞落在「美麗的註解」超到位。

　　每一次的分享都會先播放園區歌曲，讓觀眾對農莊先有個概念，每次看歌詞，都想，是怎麼寫出來的？尤其那句「美麗靈魂跳躍在雷鳴深谷中，山嵐靜美中感受天地給予我堅韌生命」當時想必刻苦，現在生活益發滋潤，應該寫不出來了。

0603 星期六 雨
室內工作

　　早上上工後不久，便開始下起雨，不小的雨，老老實實下了幾乎一天，下雨天通常是我整理室內的日子，沒閒著，平常忙著山林裡的工作，室內就放給它亂七八糟，非到不得已不整理，下雨天想必是老天爺給我安排室內工作了。

0605 星期一 午後陣雨
江湖兒女

　　清晨，聽見大雨滂沱，心想，這下可好？景觀台拆解還需電切。躺在床上聽著雨聲，聽著聽著，沒聲音了，趕緊跳下床，開門看天氣，雨停了，陽光逐漸露臉，老天爺許我一個好天氣，謝天，趕緊用完早餐，著裝上工囉！昨天一早，從嘉義山上出發，到台東只剩四個小時工作，預計再一個早上便可完工，承蒙老天幫忙，整個早上青空，午餐後起程回嘉，便開始雲霧繚繞。

　　這兩天的大工程是去台東太麻里，將朋友要退場的鳥巢搬回花舞山嵐，很漂亮的景觀鳥巢，依循著大樟樹姿態建造，樹沒有手，不能推開障礙物，但強壯自己是物種的天性，於是它學會「包容」，而且無所不包，將緊靠著自己的物品慢慢地融入樹體裡，繼續成長，樟樹逐漸地將平台吃進肚裏，還好只有三年，吃得不多，為了不傷害樹體，我們需花費較多的時間拆解。若非朋友臨走前做這個決定，我想接下來的人肯定貪著美景，景觀台將從此歷久不衰，受苦的會是大樟樹，

朋友謝謝我救了這棵大樹，但真正救這棵樹的人是他們才對。

山上大哥說，我又給他出難題了，費盡力氣將景觀台大卸八塊後，又費盡千辛萬苦抬上車頂，回到山上已漆黑一片，又下著雨，夥同工人，我們三人再費力將車上鐵件逐一解下，雨中工作的我不禁感觸，咱江湖兒女，不就是風裡來雨裡去嗎？這點雨正好解悶，苦的是大哥與工人，好端端的捲入我的江湖。

此行除了將鳥巢帶回，朋友還將許多生財器具給了我，多虧嫂嫂同行，幫我打包許多細軟，讓我這趟超級滿載而歸。

0606 星期二 午後陣雨
年輕人

下午三點半來了一位中年客人，點了兩杯咖啡，他說，想搭帳蓬休息一下，晚上 8 點就離開，結帳時我說兩杯咖啡 300，他說，還有露營的費用，我說不用了，也就幾個小時，但他堅持付費，我說，那咖啡我請，收您 1000 就好。他很堅持，要付 1300，並說，他曾經有塊地，作過相同的事，知道要花很大的心力，而現在他只需要付一些錢就可以享受，很值得，要我收下，言談中非常善解人意。

我很感動，很少人會這麼說，我一度猜測他是經由別人介紹而來，但他堅決否認，還請了我水果，我則回送兩本書，他拿到書時，說：「年輕人就是不一樣，有作為。」年輕人？我嗎？

0609 星期五 涼爽
淺草－河口湖

　　出門看世界的第二天一早就將手機搞丟，太久沒把手機搞丟了，總要來那麼一次，並且在國外，雖然有點麻煩，也罷，往後五天清閒許多。

　　這次出門 7 天，行程切兩段，前三天自駕，後四天搭 JR，這趟日本旅程決定倉促，距離上趟新加坡之旅不久，懈怠園務多少掛心。但我除了旅遊以外的時間都在工作，並且超時工作，而看世界應該也是生活或列爲工作的一部份，三句話說服我這趟旅程。

　　到達當晚住在淺草寺旁，很熱鬧的一條街，以前來過這裡，對這條街不陌生，甚至印象深刻，那時和何同學來日本過年，兩人無所事事在東京一帶混了一週，在淺草也混了一兩天。第二天一早便到寺院走走，天氣涼爽舒適，不一會兒，開始飄著毛毛細雨，走在寺院裡，見當地中學生戶外教學，一群人圍著香爐用雙手將裊裊香煙往自己身上撩來，滿好的，仿佛一切都得到了庇祐，我應該也要跟著做才對，或許就沒有接下來的事發生。

　　細雨漸漸變粗，於是我們往店家走去，在 U 服飾店挑起了衣服，一時買得盡興，忘了時間，因爲行程關係，最後結帳有點匆忙，匆匆上了廁所又衝出來坐上車，好一會才發現手機不見了，再折返店家已無所獲。這就是整個手機不見的過程。

多年前曾到河口湖看富士山，舊地重遊，遙想當年多少柔情多少愛如眼前河口湖寧靜深遠，前塵往事如塵埃，起身便抖落了，但富士山依然屹立，見證每一位旅人足跡。

在河口湖遇見不少植物是我園區裡目前尚是幼苗，日後長大的樣子，驚豔了我，有些植物或許在台灣栽種時間不夠久，不容易看到成樹，這次仿佛遇見未來，我喜歡遇見未來的感覺，就像我經常看見 60 歲的我在向我招手，鼓舞我前進，而這次看見樹的未來是一種鼓勵，是樹的未來在向我招手，說，美麗的它在不久將來等著我。

煙霧樹 5 年前朋友曾送過我苗，那時，還不懂它的美麗，不經意就枯萎了，後來，在路上見一女生抱著一大束如雲朵般澎鬆的煙霧樹花與我擦身而過，驚鴻一撇，回首那束花，喚起我的記憶，於是去年再將苗買回，沒想到，這麼快便與它的未來相遇。

麝香柏是我這兩年才新栽種的苗，白麝香、黃麝香，很美麗的名字，也就兩尺高，而我眼前的它是 10 米高，但我一眼就認出是麝香柏，我總是很得意能輕易地認出樹的名字，估計是 30 年後的它。

藍冰柏也是我新栽種的苗，但萬萬沒想到它可以長得那麼高聳，完全出乎意料；至於園區已十年的藍柏與黃金扁柏，我一直以它們的美麗為榮，原來再一個十年，它們是如此壯

闊；還有很多我花園的小樹，很高興讓我遇見未來的你們，謝謝，請在未來等著我。

還有，還有，在河口湖這天一口氣吃了 8 粒半水蜜桃，過癮，還有草莓、白櫻桃，簡直欲罷不能，相較於台灣太便宜了。

0612 星期一 涼爽
越後湯澤 – 輕井澤

越後湯澤，很美的一個地名，很悠閒的一個小鎮，因為是滑雪勝地，春天的它顯得格外安靜，更甚的是我們住在半山腰上。我長時間生活在山上，對於這樣環境不陌生，可我飛出山林，若沒有相當的奇花異樹，我那躲藏在行囊跟來的林魂便悄然入睡，喚醒的是沉睡中的都市魂，久違的逛街購物讓她顯得異常開心。

住的是溫泉旅館和室房，三餐全在房間內搞定，晚餐後便來舖床，飽餐後翻個身被褥一拉可以睡了；一早睡眼惺忪才起身，衾褥即刻全被房務人員搶走，連想睡回籠覺門都沒，早餐已擺好陣，屁股挪個位子就可以吃飯了，然後早晚將自己丟進溫泉湯池裡涮一涮身上的肥肉，感覺這三天照豬養了。

輕井澤，也是舊地重遊，跟它名字一樣漂亮的地方，樹林翁鬱，花木扶疏，綠意盎然，跟我美麗的記憶一樣柔情似水，那時與河口湖是同一旅程，秋天的我們沉浸在落葉繽紛季節裡，如同我們的感情絢爛，因為太美好，所到之處，喚起的記憶竟是如此深刻，彷彿昨日才來過，美麗的地方時間總是不夠，最後免不了騎著腳踏車飛奔，必須趕在最末班 JR 回程。

0614 星期三 小雨
購物

　　上野，沒忘，一踏進車站熟悉感就來了，那些購物街道依然人潮絡繹不絕，遠遠看見上野公園我知道曾來過，奇怪，美麗的地方似乎特別容易喚醒美麗的記憶，或許我該漸漸地將兩人曾經美麗的記憶封印或試著失憶。

　　回到熱鬧的城區，充滿新鮮，這裡實在是很好購物的地方，相較上趟新加坡之旅只買了三包咖哩粉和十幾包肉骨茶包，與這次日本行塞爆整個行李箱真有天壤之別，什麼穿的、吃的、用的，雜七雜八無所不買，尤其這趟草莓愈買愈大顆愈便宜，是此行獲得的滿足之一。

　　來回都訂了兒童餐，原以為可以吃到薯條、雞塊、玩具紀念品，並沒有，有趣的倒是，來回航段空服員均納悶問了是否有同行小孩或換了坐位？哈，誰說老太婆不能吃兒童餐！

這幾天，台灣一直下雨，氣象預報明天下雨機率90%，而明天紅瓦貓園區女主人林姐要來這裡辦同學會，從昨天便與她討論，我這裡以戶外為主，室內空間不足，若突然下雨會吃得很狠狽，若改在室內，則會顯得克難，就怕留下不好印象，而同學們都第一次來，我希望花園能呈現給大家美麗的一面，但林姐表示，嘉義現在天氣很好，同學們一致通過如期舉辦，風雨無阻！我很感動，也很害怕，事到如今，只能相信明天會是好天氣。

　　回到台中已經晚上10點，阿宗小老弟來我家會合，再接上大嫂與幫傭回到山上已經12點，我也已經沒電了，多虧有這些人來幫忙，不然這次以我的時間完全沒辦法先前置作業，一切採買也託大嫂處理，明天就交給我了。

0615 星期四 陰
福報

　　一早下起了小雨，我開心擔心雨變大，依然沒接到取消通知，就開始備餐吧！接近中午，一群人陸續到來，連85歲的退休老師也來了，雨似乎在我忙碌中早已停止，露出青空等候大家，原本擔心會變成落湯雞餐也一掃而空，取而代之的是涼爽，非常適合戶外用餐，老師說：我們都是有福報的人，不會下雨，確實，老天許了大家一個好天氣。

我想，老師真的是有福報的人，初次見到我，隨即塞給我一個紅包，我推遲，老師說，我值得鼓勵，我不解，問老師為什麼？老師說：林姐在同學群組中說了我的故事，令她感動，她說她身體好也不用吃保健食品，歡喜將這些錢省下幫助善人，而我的努力值得她給予鼓勵。難怪，大家一來對我好像很熟悉，遠遠地有人說，終於看到我了；有人說，久仰了；還有人說，這麼年輕。我跟林姐並不熟，也就兩面之緣，承蒙她的愛護，接連兩次在我這裡辦活動。

　　正當我帶領大夥逛花園，走著走著，一位同學高喊：某某同學，你來照顧老師，路很滑……話還沒說完，那位男同學剛好在我旁邊，他大聲回應：你叫一個84歲照顧85歲，對嗎？我在一旁笑翻了，確實，84歲同學還拿傘當拐杖，老師啥都沒拿，健步如飛，走在84歲的前面，是福報無誤。

0616 星期五 陰雨
美中不足

　　一直到今早，天氣依然美麗，昨晚有些人留宿，就在他們一群人走後三分鐘，居然下起了一陣不小的雨，果然，大家都是有福報的人。

　　這次美中不足的是蒼蠅讓大家的用餐顯得狼狽，一付要跟蒼蠅搶食的樣子，邊吃邊驅趕，粘蠅紙不知放了多少張，依然防不勝防，大家一致認同這裡的美麗，就是蒼蠅破壞了美感，除非我有個大室內空間，不然戶外肯定搶輸蒼蠅，這

是要思考的問題，承蒙客人金口，我這裡日後只會愈來愈多人，朝室內大空間邁進！

0619 星期一 晴
省小錢花大錢

　　這是今年第六趟到台東了，也是最後一趟將朋友要給我的東西載走，不明白為什麼我總是東奔西跑，每載一車東西回農莊，工人就大呼，沒地方放了，是，我的儲藏空間真的太少了，但東西都用得到，我只要認真跑一趟，就可以省很多錢，省小錢才能花大錢嘛！

0621 星期三 晴
寂寞

　　鮮少晚上開車，尤其回台中，不太記得原因，但開到台中時就想起來為什麼了，看著車窗外大樓，家家戶戶燈光點點，突然有一種寂寞的感覺，我知道等等回到家，我將只有一個人，黑夜總是帶來寂寞。

　　黑夜的冷清需要家給予溫暖，偏偏曾經的溫暖總隱藏在黑夜裡，時不時勾起我的記憶，讓我害怕晚上回到那個家，又要好長一段時間不晚上開車回家了，一直到忘記原因為止。

0622 星期四 晴

孤僻

　　我其實是有點孤僻，不主動和鄰居往來，說是鄰居其實都相隔遙遠，再加上人口老年化，很難和鄰居有共鳴，但有對鄰居夫婦，對我照顧有佳，三不五時來看望我，逢年過節總不忘提個禮來，相較之下我就不懂禮數，常常不懂得回禮，今年端午節他們又送來粽子，讓我受之有愧了。

0623 星期五 晴

屋簷

　　工人宿舍旁的屋頂，為了省錢，一直以來都是叫工人自己劈竹竿搭建，經過一年風吹日曬雨淋，不是被吹走就是坍塌，每年總要重搭一次，但一年比一年進步，去年立了四根亞管，至少今年塌得比較沒那麼嚴重，又到了雨季，雨水濺得厲害，屋簷等同工人另一個活動空間，工人再三跟我反應能不能用鐵皮，一勞永逸？也是，年復一年也不是辦法，於是找來同學的朋友幫忙，價格上優惠許多，終於在今天，工人有了像樣的屋簷，我想，農莊的成長應該也包括工人的居所，很高興屋頂從此不會再飛走了。

0624 星期六 傍晚雨

安靜

連假的第三天，人潮退去了些，但哪怕昨天是人最多的一天，依然顯得安靜，客人覺得不可思議，我也覺得，可能是我喜歡安靜，自然就吸引安靜的人來吧！傍晚一陣大雨讓睡在室內的我緊張了一下，就不知露營的人安好否？等在室內的我，顯然多慮了，除了雨聲，依然靜悄悄，彷彿園區內除了我並沒有其它人。

0625 星期日 晴

熱情

最近常跟客人分享能持續山居生活的主要原因是「熱情」，因為我喜歡現在的工作與生活，有人問我為什麼不回補教業？以我的學歷。哈，回補教業，以我的年紀，只能當廚房阿姨。那是我人生很長一段工作，有我最美麗的青春歲月，同時熱愛教小朋友寫作，那時的我充滿活力，在講台上蹦蹦跳跳，十數年後，再也跳不起來了，有一天，猛然驚覺我已經不再有教書熱忱，決定告別補教，從此沒有眷戀過。

這個連假，忙了三天，當客人都離去後，第一件事就是去剪葉材，今年都還沒出到葉材，一直記掛著，再不出，眼見過完這個連假就七月了，去年的 150 箱葉材今年肯定追不上，市場恐怕要忘記我了，哭哭！剪了些柳葉杜鵑和變葉木，我很安於坐在板凳上，整理微不足道的葉材，不需學歷、不關年紀，整理完後，再去絲柏區修剪大寒櫻，整個下午與樹

爲伍，怡然自得，我想，這就是熱情，因爲熱情在，所以活力充沛。

....

有一組客人，昨天來露營前兩小時跟我訂午餐，因爲時間太接近，我回絕了；於是，他們改跟我今天中餐，我答應了，但一早，他們覺得這裡蒼蠅有點多，因此，我藉此又回絕了他們的訂餐，蒼蠅確實是個問題，不太想煮也是原因，很少有客人連訂兩次，兩次都吃不成，妙。

0626 星期一 午後大雨
躲起來

早上還豔陽高照，讓工人去櫻花林噴草藥，中午依然熱，未料，三點竟下起滂沱大雨，從熱到只想躲起來，又到因爲下雨不得不躲起來，今天終究是要躲起來的日子。

0627 星期二 熱
油杉

今天老老實實出了今年第一批葉材，5 箱，相較去年150 箱，只能搖旗吶喊了。

有些植物在修剪上很快，咔咔咔，一下就搞定，有些植物就是下不了手，猶豫再三，像油杉，從要修剪它的前幾天就一直在它面前徘徊，到要修剪了，幾乎在樹面前罰站，不知從何下手？從小苗看著油杉長大，12 年了，第一次結毬果，

我幾乎要尖叫，一直把它的樹型照顧得很美，它的下位枝條也愈來愈往外延伸，爲了維持美麗的錐型，我幾乎不修剪下枝條，上週客人一進來便說：「看過影片才來，感覺場地好像變小了。」當然場地不會變小，而是樹變大了。思考了很久，油杉是大喬木，並且針葉札人，下枝條離地近意義不大，反而形成樹蔭，就大空間而言，剪除下枝就更具美感，說服自己後，終於將油杉瘦身了。

0629 星期四 午後大雨

來自宇宙的訊息

又是幸運的一天，一群特地包車從台中來的客人，中午用餐時豔陽高照，餐後手作愛玉、逛園區時，天氣涼爽，吃完愛玉後大夥坐在咖啡館區閒話家常，4點回程，20分鐘後，傾盆大雨，又是一群有福報的人。

忙完這一餐，我突然有想放暑假的念頭，前幾天，緊鄰的檳榔林從外載運一車又一車的有機肥進來，一袋一袋佈滿整片檳榔，四月下的肥還沒分解完，六月又接著施肥，整袋的有機肥會在雨水慢慢沖涮下分解，有時依稀可聞到有機肥腐化後所散發出來的臭味，估計整個夏天會籠罩在蒼蠅勢力範圍內，上次6/16戶外用餐，客人吃得手忙腳亂，一邊吃一邊趕蒼蠅，簡直在和蒼蠅搶食物，自己觀感都覺得不佳，更別說客人反應了，在我有美麗的室內大空間前，放暑假是必然了。

還有一件奇妙的事，端午連假，朋友帶朋友來匆匆一撇，當時我因為忙碌只打個招呼，朋友的朋友今日特地來訪，不巧，今天又有客人，插空檔聊了三兩句，他肯定我在這裡造林，並給予極大的推崇，我感到不好意思，就是盡一己之力，不足掛齒，言談中他說了一句話，讓我心顫動一下，他說：「你爸爸在天之靈，一定以你為榮。」從來沒有人跟我這麼說過，父親早逝，在我七歲時便撒手人寰，我幾乎要忘了「爸爸」這兩個字，這兩個字離我太遙遠了，但他講出這句話，我相信是父親透過他傳遞對我的鼓勵，很開心收到來自宇宙的訊息。

七 月

　　它撐住自己也抓牢邊坡，它看著這個
山頭的人進進出出，聽著來來往往的人
講悄悄話，日落月昇，年復一年，它恪
守本份，安靜地佇立在一旁，但終歸難
逃防颱的下場，我想，它在告訴我，不
是自己想撐住就能撐住，還要看別人容
不容得下你。

七月

0701 星期六 晴

放暑假

七月了，好快！預約的客人臨時取消，突然有一種輕鬆、放暑假的感覺。

0702 星期日 超級熱

阿山

每天早上 6：15 起床，6：30 跟著工人上工， 11：30 午餐時間，1：00 上工，5：00 下工，我的日常，如果有客人，時間上會早一點、晚一點。

今天最高溫來到 35 度，下午一點跟著工人去種樹，我都懷疑自己在上班了，又沒薪水領，幹嘛這麼準時啊！實在是今年種樹進度落後太多，只好跟緊鞭策，不然這個天，是該躲起來才對，還好在山坡上一個下午沒中暑，我的等級應該快跟樹一樣了，不會曬黑，不會中暑。

真覺得還好有工人阿山的幫忙，園務工作才能持續進行，我自認工作認真的程度應該是無人能及了，但最近這種熱死人不償命的天氣我都要吃不消，不只熱，還有蚊子，無聲無息的蚊子圍繞身邊，冷不防全身被叮得叫苦連天，阿山除了全副武裝外，還三不五時用殺蟲劑直接噴自己的身體，避免蚊子靠近，連來幫忙的大哥都投降於烈日與蚊子，而阿

山，除了休息時間進屋外，其餘時間都在戶外工作，他肯定是老天派來的使者幫我成就花舞山嵐，才能在這樣的環境一待三年，周而復始不斷種樹、除草、打草、噴藥、忍受夏天的酷熱，冬天的嚴寒。

0705 星期三 很熱
時間電價

連續兩期的電費都 2 萬多，還是抄電錶人員「手下留情」說幫我少抄一點，留在下期，才不會一次繳太多錢，真不知我還欠台電多少度？

於是，好好檢視電費單，我的電費竟是全村平均用電的 135 倍！平均的用電量是 300 多度，我卻是 4000 多度，讓我開始正視電費這件事，我想是抽水馬達出最大問題，過去四個月，它幾乎沒有停止過，水源的水量有，但抽水卻不大，異常現象，於是來幫忙的大哥逐一檢視，找到原因後再幫我改善，終於正常進水了，馬達也可以稍作休息，並且建議我冰塊製好後儲存，然後關閉製冰機，還有許多用電可以用定時開關，儘量在離峰時段用電，能用太陽能板儲電的地方就改用太陽能板，發揮綠能精神，最後建議我用「時間電價」對於我這種小型商業應該是有幫助，於是，昨天去台電申請新方案，今天工程人員來換了新電錶，新價從今天開始計算，突然有種如釋重負的感覺，希望我的電費能立竿見影降低。

關於電，這幾天像是上了一課，我從來不正視「電」，覺得都是必要用電，不知從何省起？以前拒絕學習，現在強迫學習後，我有了概念，感覺我變聰明了，此行來幫忙工作的大哥，更像是顧問，給我許多水力與電力的思維，有助於我成長。

0707 星期五 晴

贊助

第一次收到財團基金會的贊助款，能得到贊助是一種認同，對我是很大的鼓勵，如同球場上，只有優秀的球員才能得到廠商青睞一樣，我會繼續朝優秀球員邁進，我用書作為回饋，雖然我的書不賣座，卻是我另一種努力的表現，我一直記錄著這片山林的點點滴滴，希望給支持我的人知道，雖然不能親臨，卻猶如目睹。

下午走到大門處喀什米爾柏下，仰頭看著如髮絲般的樹葉，突然看見一雙大眼睛正盯著我，我眼睛瞪得比它大，仔細一看，是貓頭鷹，再細看，居然有三隻，想必它們當門神很久了，老神在在，完全無畏懼於我佇立在樹下。

0708 星期六 午後陣雨

貓頭鷹

一早迫不及待再去看貓頭鷹，居然有四隻，而不是三隻，太可愛，四隻全盯著我看。

0711 星期二 熱

魚屋

很久沒去宜蘭了，不知道有沒有超過十年？宜蘭並不遠，只是缺乏動力，而這次去宜蘭的動力是因為在地的妹子買了一間魚屋，照片看起來很美，從窗外望出是一片魚塭，陽光灑落在水面勻靜美麗，屋腳旁就是一個小魚池，四週綠籬環繞，小小魚屋就佇立在魚塭中，想去看「照片」成了這次去宜蘭的動力。

小小魚屋真的很美，但除此之外，哪兒都熱，玩，用想的似乎比實際行動來得有趣。

0712 星期三 午後陣雨

人生中的不可思議

正在準備明天的演講，寫到人生很多的不可思議在這個山林裡發生：砍除四甲檳榔林、接手兩萬盆蘭花、發大願造林、辦山林音樂會，音樂會剛好滿三年，三年前的 7/18，順勢來分享這段講稿。

「還辦了人生第一場音樂會，我是標準的音痴，嚴重程度到自己都不知道唱歌走音了，連簡譜都看不懂，但我想如果人生最終只剩下回憶，那麼何不讓回憶充滿美麗，於是在 50 歲那年夏天，我付不出任何費用的情況下，集合了身邊音樂人以及姐妹淘在花舞山嵐裡鬧一場生命樂章，每個人都情義相挺，不辭千里遠道而來，那種力量足以撼動山林萬物，從此得到這片土地的護祐。」

0713 星期四 晴
演講

　　促成這次嘉義扶輪社演講的推手是我的資深粉絲，一位80幾歲對我極為愛護的周老師，我的事她總是不遺餘力，她讓我現場捐出扶輪社給的講師費，又私底下塞給我一個更優於講師費的紅包，面子裡子都給了我，我何德何能？

　　這場演講，感受到嘉義鄉親的熱情，左一句莊主，右一句陳老師，許多人跟我交換名片，感覺得到他們對花舞山嵐農莊的肯定，非常謝謝大家的愛護，我會更努力。

0714 星期五 晴
最美的風景

　　一對夫婦來用餐，我見著蒼蠅，順勢說：這個季節我真不好意思出餐，蒼蠅多吶！客人回我：「一點都不多，你這裡算少的，不久前我們到○○吃飯，那才叫多，只能用一隻手吃飯，另一隻手要趕蒼蠅，老闆還說：『今天不算什麼，還有更多的時候……』」哈哈，聽了滿欣慰。

　　客人說：我這裡風景應該是整條嘉130縣道最美的地方。我告訴他們，以前這裡什麼都看不到，就一片檳榔林，砍除檳榔林後，終於看見山頭，才發現這裡真的很美，肯定是嘉130縣道最美的路段。

0715 星期六 晴
7 個寶寶

　　週四聽演講的扶輪社社友，下午來訪，還帶來三個月後讓我進補的小小雞，6隻，再加上六月中旬有人丟棄在我院子一隻小小貓，我現在有7個寶寶要照顧，送小雞的人有幫小雞帶足以吃三個月的便當來，至於小貓，嫁狗隨狗，就一起吃狗飼料了，又加上原本兩隻狗，一隻掛病號中，姐姐我一個人要養的牲口實在太多了。

　　我想到「山居生活」裡那個「活」字，女人為了牲口總是忙碌的像風火輪，就是我此時寫照。

0720 星期四 午後陣雨
懊惱

　　今天我真為自己的白痴感到懊惱。

　　整個早上都沒有熱水，心想難不成電熱棒又壞了？可是不久前才換新的呀！

　　下午找來工人，一樣我看圖說故事給他聽，他只需按步驟拆卸電熱棒。電熱棒看樣子還好好的，於是又裝回去，拿來測電儀器測量，完全沒有電，於是又拆下來裝上新的，再測，依然沒有電！莫非是保險絲壞了？想不透，上網看說明書（最討厭看說明書了），看到「跳開」兩個字，我馬上跳起來去檢查熱水爐斷路器，果不其然跳掉了！當下覺得自己很

127

白癡，一鍵的事，卻搞得大卸八塊，只差沒把整台電熱爐分解，怎麼就沒想到這丁點呢？讓工人拆了又裝，裝了又拆，感覺很像在練習作業，果不其然，工人第二次拆解完全不用聽我指示，說他知道了。

0722 星期六 午後陣雨
麵包與蛋糕

　　露營的客人去來吉，下午帶回來當地知名麵包請我，來山上 12 年，這家麵包店已經聽不知道多少人提過，但我卻從來沒有去過。

　　我是標準的「兩岸三地」回來嘉義就只待在自己的花園，回台中就是我家和媽家，現在少了媽家，就兩個地方點對點，不管進哪個門就不想再出門了。今天終於嚐到了，真好！我的真好不是因為吃到麵包，而是客人的愛護。

　　不過，今天真有口福，一早便收到彰化一位小老弟寄來的古早味蛋糕，看看日曆，什麼日子都不是呀！我傳訊息問他：「怎麼突然想到給姐寄蛋糕呀？」他回：「就怕姐忘了我。」我說：「是啊，差點忘了，還好有寄蛋糕來。」我真愛古早味蛋糕，迫不及待切上一塊，真好吃，蛋香綿密，看著桌上快遞來的傳統蛋糕，心想，冷藏的運費都快可以再買一盒了，傻瓜。

0723 星期日 午後陣雨
封面

8個小時後才發現，我的臉書封面變成一粒麵包！完全不是我的風格，應該是昨天發文時不小心同時按到設為封面吧！總之，我不喜歡這粒麵包作為我的代表，趕快換上我的風格—花－舞－山－嵐。

來露三晚的客人，過年時來過，回去後還推薦她姐姐來，姐姐來還特地告訴我，她妹妹說，千萬別嫌我這裡貴，值得！就我無償造林的精神就值得了，聽了很感動，總不乏支持我的客人，該找客人的錢，客人沒收，說贊助我買樹苗，我收下了，我想，每個人都用不同的方式在回饋地球。

0724 星期一 陰
舉家

難得「舉家」一起回台中，小花、工人都回來了。這次回台中的功課是將台中家年久失修的大門平台翻新以及拉一樓室內水管。

因為收入不豐，所以有些較簡單的工作盡可能自己做，先請益過山上大哥工法，加上小史的施工圖以及有萬能工人阿山，相信在我這三腳貓工頭帶領下應該可以搞定。

中午一回到台中家，馬不停蹄，先讓工人把五樓因年後隔壁滲水導致相連的牆一大片斑駁，先處理後粉刷，這次回來要大大的「修理」房子才行，不然快變成廢墟了。

0725 星期二 陰

備料

一早把整個平台敲掉，把木料準備好、裁切好，明天才是重頭戲，要怎麼在斜坡上抓到水平，將角材固定，十足燒腦，拭目以待。而水管管線工作多了阿宗小老弟來幫忙，我則少一件心思。

0727 星期四 陰

巧合

太巧合了，一年前的今天，這兩個人，阿山與小史在台中家幫我組合餐台，一年後我們竟原班人馬在組合平台。更巧的是，小史還穿同樣的衣服和鞋子。

0728 星期五 陰

颱風週

平台不如預期的快，抓水平與固定角材費了不少時間，加上時而飄來細雨，工具搬進搬出，施作上多有不便，而我終究沒有按照小史給的施工圖進行，越到後面越憑感覺，但我覺得還是不錯，連骨架都經得起審視，完工後覺得太不可

思議:「沒想到我真搞定了。」這次要歸功阿山，在我這外行人的指導下，骨子、面子都美麗。

氣象預報本週是颱風天，還好，台中並沒有狂風驟雨，最多就是陰雨綿綿，還不足以讓江湖兒女放假，雖然總是全身溼答答，但勝過於在大太陽下，不然我可要面目全黑了。

這一週大概是我有始以來 (17 年)，待在門口最久的一次，我總是進來、出去，了不起掃個地，連垃圾車都不等，我不喜歡和鄰居閒話家常，所以住了這麼些年，有些新鄰居不見得認識，才造成有人經過問我們是不是裝潢工班？哈哈！我應該回答是，說不定還能接個工程，賺個外快。

....

暑假的願望清單其一就是看兩場電影，分別是《印第安納瓊斯》與《不可能的任務》，其實都是為了看陪我們長大的男主角，可惜「印」多數電影院已下檔，真難過呀！這麼快就下檔了，不才上映一個月嗎？！但無論如何也要追到 81 歲哈里遜福特最後一齣印第安納瓊斯；今晚先去看了 61 歲的阿湯哥，感覺有必要將偶像的年齡下修，不然看他們這把年紀還老掛在半空中晃來晃去、在屋頂上跑來跑去，真替他們捏把冷汗。

工人這次回台中的願望清單則是每天喝一杯椰果奶茶及吃到大雞排，下班前跟我說，明天要回山上了，雞排還沒吃到耶！這個願望一直沒讓它實現，實在是雞排太貴了，留在最後一天，相信滿足感會最大。

0729 星期六 午後陣雨

撐住

我住在嘉 130 縣道上約 4 公里處，在約 1 公里處有一棵又粗壯又美麗的相思樹，幹頭都一米多了，因地勢的關係，它的長勢有點弧型，粗根緊緊抓住坡面，側枝長到能覆蓋整個路面，形成小小綠廊，每回經過這裡，總覺得特別舒服，經常和它說上兩句，給彼此打氣，最常說的莫過於：「你要牢牢撐住，不可以倒下，我要跟你一樣，我們一起在這裡撐出屬於我們的一片天，加油！」

早上回程，開車經過這路段，赫然覺得不對勁，不自覺倒車，看到它被鋸斷了！真難過呀！五天前下山還見著它搖著枝葉跟我揮揮手，它那麼健康，一點腐朽都沒有，邊坡也沒有滑落，它撐住自己也抓牢邊坡，它看著這個山頭的人進進出出，聽著來來往往的人講悄悄話，日落月昇，年復一年，它恪守本份，安靜地佇立在一旁，但終歸難逃防颱的下場，我想，它在告訴我，不是自己想撐住就能撐住，還要看別人容不容得下你。放心，我會繼續努力，帶著你的精神一起。

....

去倒垃圾，才下車，一輛車跟著停在我後方，下來兩個男人，一付來者不善，一人拿手機對著我拍照，另一人大喊：「不可以隨便倒垃圾。」我從來不知道我的臉可以這麼臭，理直氣壯回他們：「我住在這裡，為什麼不能倒垃圾？」拍照的人放下手機，原來是村長，他瞧了我一眼，說他沒注意到是我，隨即調頭走人。最漂亮的是，當村長走向我時，生病的小花撐起身子幫著我吠他，好狗。

真不懂，村裡人老爲了倒垃圾像在抓賊似的，又是攝影機又是警告標語，就怕非村民來倒垃圾，都不知道我經常要撿多少人從邊坡上丟下來的垃圾，最終還是要拿去垃圾桶丟，如果事關經費，村長該爭取的是更多經費，而不是守在垃圾桶旁等著抓賊，這條路通往阿里山，多少遊客就創造多少經濟，與其亂丟垃圾造成道路髒亂，何不爲環境的美觀極力爭取經費，獲得更多支持。

0730 星期日 午後陣雨
等著放鞭炮

　　早上讓阿山去撿被風吹走的大洋傘，不料傘旁的一棵樹上掛著一個小蜜蜂窩，阿山就這麼不長眼睛，大手大腳走過去正要拿起洋傘，驚動了那群蜂，被叮得滿頭包，三個小時後再見他，已經變成豬頭，一隻眼睛都張不開了，真是一個「慘」字啊！這倒讓我有所警惕了，今年還沒被叮，千萬要小心啊！千萬、務必、絕對！我等著年底要放鞭炮。

　　夏天，蚊蟲特別多，不只蜜蜂活躍，所有有翅膀、沒翅膀的昆蟲都一窩蜂出籠，到林子裡工作成了一件苦差事，每回都得把自己全身噴得都是防蚊液才敢上工；下工後經常全身癢得不得了，紅腫是家常便飯，每年一到夏天都想不如歸去吧！

　　註：每年都被蜜蜂叮，去年被叮時特別寫下：「如果哪一年沒被蜜蜂叮，年底就要來放鞭炮。」

美味，有時候是一種記憶，學妹帶來我從大學就愛吃的台式馬卡龍，這是我吃過最好吃的馬卡龍，真不想說，我已經吃它 30 幾年了！沒變過心，就它最好吃。回想那時在屏東讀書，放假就去高雄阿姨家蹭飯，這西點店就在阿姨家巷口，我的大學生活並不那麼快樂，二技念了三年，獨來獨往，沒什麼好朋友，唯一的好朋友就是同寢室的學妹們，但這小蛋糕總能讓我開心，一直到現在，每回去阿姨家，阿姨就會先為我買上幾包等我來，我想這能解釋為什麼我一直覺得它好吃。

　　就像媽媽家附近的水煎包，是我吃過最最好吃的，皮薄餡多、汁多味美，年輕時，下班後總要繞去小攤子買幾粒在晚餐前吃個點心，一直到現在，只要回豐原家一樣會繞去買幾粒解解饞，20 幾年了，還沒有比它好吃的水煎包出現過；更別說豐原廟東的蚵仔煎，那是我從小學吃到現在，40 幾年了，沒有哪裡的蚵仔煎口味比得上豐原廟東獨有的淋醬，我想，食物好吃的原因，或許當時的美好記憶佔了很大一部份。

八 月

　　幫我扎針的小護理師，直嚷嚷嚇一大
跳，從來沒有人在扎針時昏厥，緊張死她
了，我相信，我肯定把她的職業生涯嚇壞
了，接下來我被載上氧氣罩，滴了兩袋生
理食鹽水，躺了四小時，其中三小時在昏
睡，說也神奇，全身的紅疹全退了。

八月

0804 星期五 大雨
沉睡

　　昨入夜聽到狂風驟雨，突然整個人放鬆，潛意識告訴我不用早起工作了，不自覺睡得好沉。

　　坐在餐桌邊看著外頭景象，喝著一成不變的早餐咖啡，想著今早跟人有約，滂沱大雨，還要出門嗎？好生猶豫，看著時間已逼近，還是出門吧！取消一個，一個赴約，刷牙、洗臉、梳頭統統免了，套上雨鞋跳上車，愈到山下愈沒雨，市區完全沒雨，與山上截然不同光景。

0806 星期日 中午短暫放晴

追劇

感覺是雨過天青了。

剛追完《去有風的地方》風景超美、沒有壞人、沒有勾心鬥角、沒有眉來眼去，我喜歡。暑假願望清單之一，平常真沒什麼時間追劇，白天工作，晚上寫寫文章或做點文書工作，時間不經意就過了。

朋友聽我追劇，「啊～」好大一聲：「沒想到你也會追劇！」真不知道這句話是褒還是貶？追劇不是國民應盡的義務嗎？

中午以為已經雨過晴天，可以好好曬曬太陽，結果，沒兩小時好光景，又下起滂沱大雨，這一下又到傍晚了，這兩天接到朋友們問安，說是阿里山頗為嚴重，我其實不太知道狀況，搜尋文字新聞看不出端倪，我這兒倒是沒什麼影響，就是有感受到雨量是今年以來最大的一次，之前雖然三天兩頭下雨，但其實不若往年多，這次的雨量補足了前欠。

0812 星期六 晴

桌子

今天出了大太陽，跟前幾天三不五時下雨，有著天壤之別。感覺是白了桌子，黑了我。

六月從台東帶回來的桌子，一直擱置在草堆裡，儼然一堆廢木，這週將它排進工作進度裡，也因此與老天玩起躲貓貓，下雨，桌子就躲起來，放晴，就出來見天，終於在今天桌子有了新樣貌，準備迎接下一個十年。

這批戶外桌風吹日曬雨淋約莫十年了，表層已經厚厚一層「黑色角質」，於是開始打磨拋光，將最外層磨掉，再用細砂紙打磨光滑，這時，木材原色顯露，白皙光滑，接著上一層透明底漆，待乾後，再上一層柚木色漆，裡裡外外全不馬虎，最後再將桌腳組裝回去，也就是今天，桌子有了全新樣貌，一批全擺放在咖啡館廣場日光浴，客人問我：「是做來賣的嗎？」哈哈，排場有像哦！只怪桌子比人多。

0814 星期一 早雨午陰

打包

今天回台中，快下交流道時，心情突然有了起伏，一種寂寞感油然而生，自從媽媽走後，回台中變得沒什麼意義，反而徒增傷感，五年多前，婚姻離開我的時候，台中至少還有個媽，今年三月連媽都走了，我回台中的次數也減少，有時思索，60歲後打包花舞山嵐後的我將何去何從？會有人打包我嗎？今日打包完媽媽的遺物後，我想日後也沒什麼機會再回豐原了。

台中，最熟悉卻也變得最陌生，去或留？我要用往後8年的時間思考這個問題。

⋯⋯⋯⋯⋯⋯⋯⋯⋯⋯⋯⋯⋯⋯⋯⋯⋯⋯⋯⋯⋯⋯⋯⋯⋯⋯⋯

小貓確定住下來了，給牠起個名字「小嵐」，今天回台中帶上小花，賴師問為什麼只帶牠？我說牠是老大啊！賴師不解為何是「老大」？因為排名：小花、小舞、阿山、小嵐。其實我的「老大」是意有所指，小花因為生病了，病情每下愈況，吃藥已經不見效，吃什麼吐什麼，連喝水都吐，虛弱到只剩下皮包骨，近日便煮雞腿給牠吃，肉牠吃，小舞吃骨頭，湯則我喝，因此戲稱牠是老大，說到底是帶著牠我安心些，每每看著牠，就覺得自己怎麼有辦法把一條狗養成這樣？！日後這些狗都走了，我肯定不再養了，揪心。

0818 星期五 晴

姨媽

中午到火車站接上姐姐及大嫂，一同前往高雄去探望阿姨，阿姨是媽媽的親妹，近 80 了，但完全看不出來，除了染上一頭褐髮，掩蓋年齡外，講話及思緒依然有條不紊，牙口也好，還能吃上排骨酥及花枝（我都快投降了），也因爲如此，常常忘了阿姨的年紀。

還不僅如此，阿姨是美髮師，在家裡開了工作室，我們三個人，厚著臉皮，讓阿姨爲我們作頭髮，我們像小女生一樣，圍著阿姨吱吱喳喳，站了整個晚上的阿姨想必是累了，但她仍笑容滿面，一派輕鬆，沒讓我們插手整理善後，很疼愛我們的姨媽。

今晚，我們四個女生一起睡覺，有回到小時候和媽媽一起睡覺的感覺。

0821 星期一 午後暴雨

龍眼乾

水果是我的最愛，但難免遇到不愛的時候，朋友拿來超大肥美的龍眼，想起客人曾說我做的桂圓紅棗茶，是他喝過最好喝的，於是將它曬乾留待冬天。

川燙後日曬，三點左右，眼見天色暗沉，趕緊將龍眼端進屋裡，不一會，開始下起雨，再一會，演變成暴雨，來得

又急又快，聲勢浩蕩，山上的雨不同於都市，尤其我所處的環境幾乎是一座森林，大大小小的樹乃至草在承接雨水下搖擺身軀，那種感覺像是它們的派對正熱鬧進行中。

而我則越來越習慣在貨櫃屋裡感受滂沱大雨，彷彿我也置身在雨林中，那種感覺離大自然很近。

0824 星期四 午後陣雨
小花與我

昨天情人節，山上大哥問我怎麼過？我回：跟小花綁在一起過。

今天朋友來訪，看見我正在為小花煮營養餐，說小花真是上輩子燒好香，才跟了我這個主人。我冷笑，想必我上輩子沒燒好香，這輩子才沒跟對人。很多人都說小花命好，有我這個主人，其實我一點都不覺得我是好主人，我把一隻原本很漂亮的狗，養成現在像一隻癩痢狗，只好每天跟牠綁在一起照顧牠，嘆。

小花前些日子莫名的將自己的腳掌咬得稀巴爛，又回到兩年前那種慘狀，於是又開啟了幫牠換藥的日子，經常想，當年沒有截肢是不是錯了？原本該好了的腳掌總因為一些外來因素又讓牠「自殘」，我想牠是冤親債主來著，不敢怨天尤人，就還牠吧！但今天我開始覺得牠是菩薩來著，是不是在我把牠治好後，菩薩會給我意想不到的禮物，這其實是一個

考題？就像癩蛤蟆變王子的故事。我試著說服自己關於小花之於我是什麼？不然很難帶牠走下去，可能會棄牠於不顧，但凡不容易的事總有個信念在支撐，我在花園牽著牠散步，覺得是一件可笑的事，牠該自由自在在花園奔跑，而此時的牠只能籍由繩索在我的步伐下拖著我前進，我感受到牠想奮力向前衝，牠不虛弱，是身體的病困住了牠的靈魂，若我沒空溜牠，牠便只能在 2 米長的繩索範圍內活動，一付病懨懨厭倦了這樣的生活，我完全理解「厭倦了這樣的生活」是什麼感受，靈魂得不到自由。

0825 星期五 午後陣雨

很有事

去郵差家領了兩封掛號信，一封是國稅局，一封是警察局。

國稅局因爲跟我多收了 36 元，用雙掛號寄支票給我，郵資比退費還高，我每個月都要繳基本稅額，爲什麼不留抵下期呢？然後爲了這張支票去銀行的油資一定高於 36，眞有事！

警察局寄來的是一張民眾檢舉的罰單，看了照片，7/24 那天送來我訂的木棧板，於是我順勢將車子開到對向路邊暫停，方便司機下貨，前後也就 10 分鐘逆停，就醬！很想問這位路人，有事嗎？

0826 星期六 午後陣雨

吃飯

　　今天真不是吃飯的日子，原訂今晚去山上餐聚因故取消，雖然取消的原因不甚良好，但不免莞爾，原本就猶豫再三去或不去，這下不用想了，只是因為很猶豫去不去，所以昨晚臨時邀約久違的朋友同行，也是很猶豫要不要邀人，才會在前一刻詢問，結果一早被告知取消，於是又跟這位朋友取消，感覺很像在兒戲。只是對這位朋友不好意思，晚餐就換我請吧！偏偏午後一場傾盆大雨，臨近晚餐時間依然沒有停歇，再度取消，今天真不是吃飯的日子呀！

　　有時第六感還是滿有意思，這頓飯從通知開始到前一天，我一直充滿猶豫，而找這位朋友也是充滿猶豫，我們有近半年沒有聯絡，最近他傳了問候訊息，心想或許可以碰面聊聊近況，結果，兩頓飯都吃不成，「猶豫」果然是個徵兆。

0828 星期一 午後豪大雨

昏厥

　　年底確定不能放鞭炮，終究還是被蜜蜂叮了。

　　一早，阿山被山上大哥外借至新竹，難得我一個人清淨，喝完早餐咖啡後，便悠哉悠哉晃到杜櫻步道裡，開始剪孔雀柏準備作葉材，11點左右，告一段落後，看到一旁的藍羽柏，經過兩年，長大些，順勢蹲下來摸摸枝葉，手伸進小樹裡，要稍作修剪時，沒注意一群正在築巢的蜜蜂隱藏在其中，還

好當時牠們很忙，只派一隻叮我，一隻，沒什麼，去年三、五隻全往我臉上螫，都沒當一回事，我繼續工作，15鐘後，全身瞬間發癢，以我過去多年被蜂螫的經驗，覺得不對勁，趕緊去沖涼，此時身體已佈滿紅疹，並且產生睡意，但電影情節告訴我，不能睡，醒來會不知猴年馬月（電影看太多了，呵～）。

我開著車往阿里山醫療站去，10幾公里，半小時才到，路途中開始有全身被麻醉的感覺，眼皮有點僵化，80%的皮膚浮出一顆顆紅疹，奇癢無比，山居生活教會我「意志力」；一進診間，我跟醫生講，我每年都被蜜蜂螫，再三強調這次不一樣，我很難受，心跳111(平常60幾)，講話開始含糊，醫生開藥並讓我打針後可以回去休息。第一針皮下注射消炎藥，第二針靜脈注射抗過敏，打第一針時，我倚靠著牆，眼皮很重，護理師準備打第二針劑時，我隱常聽見她說：「你很累嗎？」第二針一扎下我已不省人事，終於昏倒了，從被叮到昏厥，一小時，直到三位護理人員攙扶我到病床上，才恢復意識，我問：「我是不是昏厥？」護理長說從來沒發生過這樣的事(指在打針過程中)，我說，我也從來沒有這樣昏倒過，望著天花板，想到的是媽媽，我跟媽媽說：「您要保佑我，我有一個大花園要顧，還有樹沒成林，責任未了。」

護理師問了我三次：「你自己開車來？」第三次我回答：「是，因為我自己住。」我想這次有解答到她的疑問。醫生過來問我感受如何？我回答狀況不好等等，醫生說：再沒改善，就要打腎上腺素了，會很痛哦！我一聽「痛」，馬上說：等等就好了，不急。我應該是被嚇好的。

幫我扎針的小護理師，直嚷嚷嚇了她一大跳，從來沒有人在扎針時昏過去，緊張死她了，我相信，我肯定把她的職業生涯嚇壞了，接下來我被載上氧氣罩，滴了兩袋生理食鹽水，躺了四小時，其中三小時在昏睡，說也神奇，全身的紅疹全退了，就只剩下我的「米姑」(腫) 手跟我回家，又是一尾活龍了。

0829 星期二 晴
重返案發現場

重返《案發現場》拍照，務必找出讓我頭暈的蜂名，方便辨別，經求證大名「側異腹胡蜂」身長 1.2-1.7 公分，小形蜂，每個人對各種蜂的敏感性不同，剛好此蜂正中我要害，症狀屬於嚴重的那部份，從被螫到昏倒一小時，昏倒的那一刻正好注射「抗過敏劑」即刻把我拉回來，有驚無險。目前記錄到被螫的蜂已經有四種。

至於蜂窩，牠們在該在的地方繼續工作，待冬天便會棄巢渡冬去，這段時間我不會再去驚擾牠們，以確保生命安全。

0830 星期三 晴

順其自然

　　這兩天來訪的朋友們，一見到小花便覺得不樂觀，看似在等待日子「回去」，我也有那麼一點覺得，牠不吃不喝好些天了，完全皮包骨，我已經束手無策，心想若時候已到，是不是該「助牠一臂之力」讓牠早一點解脫，於是下午帶牠去給獸醫看，獸醫端詳了一會，說：順其然吧！

　　是時候還沒到，不免想，我與小花的因緣到底有多深？前世我們一定存在著攸關命運上的相逢，這輩子才會這麼緊密。

九 月

經過貝殼店只會想起曾經的快樂，那讓我不快樂，以為封瑣的是不快樂，其實是快樂，這一小時我買的不是貝殼，而是快樂。

九月

0903 星期日 陰雨綿綿

森林

　　昨晚發佈颱風警報，一早仍輕風細雨，還嗅不到颱風的
氣息。中午趁著短暫雨歇去森林走走，以前覺得自己是造林，
現在覺得造的是森林，剛開始比較單一林像，漸漸地，隨著
每年補植不同的樹種穿插其中，開始有了混合林（森林）的
樣貌。

　　喜歡走在自己的森林裡的感覺，尤其是自己一手打造的
森林，雨後的林子別有一番氣息，山間氤氳，空氣冰涼，特
別舒服，細數每一棵樹都是從小苗栽起，常想，自己怎麼能
辦到？仰頭看著高處，高低差應該有一百公尺，整片的山坡
就這樣從一片檳榔林幻化成一片森林，憶起六年前恢單時，
去一間廟宇抽籤，問情歸何處？印象很深，籤詩直指「森林」，
那時不太明白，自認對解籤詩還滿有慧根，也還是請教解籤
老師，只說：「對象應該就在週遭，就在身邊才對。」今日走
在森林，那年的話猶言在耳，原來是這麼一回事，原來我一
直在森林的懷抱裡。

　　一直到晚上，仍然保持輕風細雨，一絲絲颱風的氛圍都
沒有。

0904 星期一 風風雨雨

風紀股長

　　小史看了我的被檢舉罰單，也傳了他的罰單（騎機車，紅燈，越停停止線）給我看，相隔兩日，共同點居然是同一輛車（人）所舉發；而姐姐有一天下雨來我家，因為那晚下大雨，時間也晚了，便心存僥倖臨停紅線，也被舉發了⋯⋯開始覺得我台中家那一區有一個風紀股長整天在外面「管秩序」，要守規矩一點。

....

　　整天雨大大小小，外頭的活是幹不了了，早上讓工人作些木工，下午則幫忙清潔廚房，整個雨季的潮溼讓廚房牆上長了些霉，沒想到這一擦拭也去了一個下午，廚房頓時變得乾淨溜溜。

0905 星期二 午後陣雨

花舞山嵐故事館

　　七月底大門口平台作好不久，一日與朋友聊起，一樓閒置已久，有點可惜，或許可開個店，他興致頗高，於是我們拍板定案，一起開店，今天送出店名申請，思索了幾天，最佳店名是「花舞山嵐故事館」，感覺就是充滿故事的一個店，期待。

0907 星期四 雨

電費

在歷經連續三期（兩個月一期）都是 2 萬多的電費，7 月改「時間電價」計費方式，每月計收之後，第一次收到電費單，這是我十一年來第一次電費這麼低，3859，簡直不敢相信這個數字！！！

以前從來不知道什麼叫做省電，在經歷前半年六萬多的電費後，痛定思痛，徹底檢討，把不必要的用電關了，包括電熱爐、製冰機，從有電熱爐、製冰機以來未曾關過電源，尤其電熱爐還特別在開關上註明：「請勿關閉。」深怕一刻沒有熱水，一副 24 小時都要洗澡的樣子，現在這兩項是要用時才開電源，用畢則關，至於抽水機則利用夜間離峰時間進行抽水，洗衣服的離峰時間是在早上，而週末假日都是離峰時段……我背得滾瓜爛熟，終於知道要省電了。

0909 星期六 午後小雨

黑松

在細雨中和松樹抱了一下午，相較於前年的修剪（因為長勢慢所以間隔一年再修），今年更得心應手，十年的松半大不小，前題是我覺得黑松並不好修剪，但今天在修剪時手感與判別上，自己覺得有進步，再接再厲。

有趣的是，小貓與小狗窩在一旁監工，我得好好表現才行，牠們才知道姐姐的厲害。

0910 星期日 午後陣雨 / 晚雷電交加
秋天

上週去超市，看到架上有一盒栗子，只剩下一盒，不是我多愛吃，而是代表秋天早已經上架了，看著僅有的一盒，迅速地放進提籃想讓「時間」下架。每年栗子的出現彷彿在提醒我秋天來了，要開始把心思放在花園上，而我總在看到栗子的那一刻有點措手不及，時間太快了！

中午放進電鍋蒸，栗子真好吃，但老是粘殼，剝的亂七八糟，吃的滿桌子屑屑，彷彿我吃的不是栗子而是秋天，滿地的落葉，風一來吹得七零八散。

0911 星期一 陰晴不定
一切安好

昨晚雷電交加，整個天空像是燈光聲秀，加上豪大雨不斷，有點驚心動魄，大概是今年雨季以來讓我最有感的一次，一早天空倒是放晴了，我驅車前往賴師家，沿途見 130 縣道有多處落石，想必 130 縣道受驚嚇了。

我的園區一切安好，謝天謝地。

0921-0927(四 - 三) 每天都很熱

宿霧之旅

促成這趟菲律賓之旅的因緣是外甥去宿霧遊學三個月，給了我想法，或許明年農莊淡季的時候我也能一圓遊學夢想，於是和姐姐啟程除了探望外甥，順道認識一下當地環境，再決定明年是否踏上遊學之路。

9/23 這天參團離島二日遊，我和姐是全團年紀最大，大到足以當這群年輕人的媽，宿霧感覺是年輕人的天堂。明年我將來這兒讀書，再當一次學生，我問外甥，學校有幾位大媽級的同學？外甥回就他觀察到的有 4、5 位吧！夠了，畢竟我也不是去上老人學校，年輕人多些反而更能感受生命的活力，我想，除了再當一次學生，還有一點很重要，我得為 62 歲退出山林後的生活先邁出第一步，這天很快就到了，如果我的夢想是旅居各地，那麼，我該試著踏出去，我只問自己一句話：有沒有勇氣？

9/24 離島的第二天是跳島行程以及水上活動，不得不說，每個小島都很漂亮，米白色沙灘，一望無垠的大海，比基尼女孩，是這幾天走在市區所到之處塵土飛揚，電線像毛線纏繞一坨一坨永遠解不開的景象截然不同，那種煩燥與此時的悠閒就像天堂與地獄，我想這樣是好的，明年來遊學肯定專心讀書，好好把語言學起來，假日才到離島玩耍便是。順道一提，相較於比基尼女孩，我全身包得像棕子，有待改進，讓青春不只是青春獨享。

水上活動我真不愛，大夥浮潛去，我上岸走走，竟見有些人端著小盆兒在賣貝殼，挑貝殼倒是滿好打發時間，我有一小時的時間，就這樣一攤買過一攤，後來一群人乾脆圍著我，將他們手上的貝殼全攤在桌上讓我挑，喊價、殺價，此起彼落，很好玩，很快一小時竟過了，我也渡過快樂的一小時，很久很久沒這麼痛快買貝殼了，曾經以為我這輩子再也不會買貝殼，不知道為什麼我會這麼以為？不知道為什麼我要封殺我的快樂，只因為失去了這輩子唯一會跟我吵架的人，我再也快樂不起來嗎？六年來，經過貝殼店只會想起曾經的快樂，那讓我不快樂，以為封鎖的是不快樂，其實隨著時間，那些所謂的不快樂在今天買貝殼的過程都解鎖了，這一小時我買的不是貝殼，而是快樂，姐姐上岸，遠遠朝我走來，大呼：「你又大開殺戒啦！」哈哈，小試身手，3000披索，值得！

　　9/27，這七天除了離島，對來到宿霧實在談不上什麼印象深刻之處，若說吃，榴槤和山竹便宜到每天吃個不停，過癮。倒是想說說一件事，關於搭計程車，經常是上車前說跳錶，上車後才漫天喊價，第一天出機場就被騙了；第二天要去植物園，從飯店叫車，以為可以安心，上車也按錶了，拐個彎把我們姐妹倆載到一群計程車休息處，然後開始七嘴八舌，要我們包車，我們倆坐在車內像待宰羔羊，從3000喊到1500，但姐姐覺得不妥，萬一，途中將我們載到哪兒了，再喊價，我們更無所適從，到時叫天天不應更慘，還是返回飯店吧！就這樣結束我們第二天的行程，無奈。最後一天，也就是今天，請飯店叫車，再三表明是跳錶，我們從飯店走出，居然被從中攔截，當時有點搞不清楚狀況，上車後，他

老兄油門一踩，也沒按錶，我們追問，他才說 1000(台幣)，於是我們又開始喊價了，並請他停車，我作勢開車門要下車，姐姐按住我，跟我使眼色，最後 500 成交，好想甩車門哦！事後姐姐說：萬一我們下車後，他車就開走了，我們還得追回行李，還要不要今天搭機回國呀？！因小失大不值得，是，姐姐英明。

0928 星期四 午後陣雨
招牌

　　爲了開店，這一個月嘉義、台中往返密集，因爲不能全心在台中，進度上快不了，依然發揮我螞蟻搬家的精神，一點一點進展。

　　排定今早與小史將故事館招牌掛好後便要回山上，沒想到一直到 5 點才搞定，沒有想像中容易，爲了避開接來下連假的車潮，待到 7 點才從台中出門，整整離開山上 9 天，結束今年最後一趟出國旅遊，接下來得專心園務了。

0929 星期五 (中秋節) 晴
倦鳥歸巢

　　我的工人三進宮、五進宮稀鬆平常，這次七進宮的是五年前曾在這裡工作的男工 Nono，這些年他進進出出，我也不以爲意，人往高處爬嘛！跌倒了再回到原點。用這樣來形容從我這裡出走的工人滿貼切的，每次一有高薪就離開，沒了工作就想到姐姐這裡。一直到一年多前 Nono 犯了一個錯

誤，被我封殺，今年他打了好幾次電話想再回來，我都拒絕，這個月初他又打電話，跟我說他打算回家鄉了，回鄉前想來我這裡短暫打工，我答應了。

離鄉背井十一年，我為倦鳥歸巢感到高興，這時候他的出現，無疑是老天的安排，他待了半個月，這 15 天我有 10 天不在家，最讓我不放心的是小花，小花因此有了保母可以幫牠換藥，讓我安心出走，冥冥中的巧合，別問我工人阿三不是在家嗎？這陣子他比我還忙，東奔西跑，不是支援山上大哥就是支援賴老師，由衷感謝 Nono 這時候出現（帶著他的新女友一起出現），尤其他熟悉這裡的園務工作，我完全不用再費唇舌，只需安排好工作即可。從另一個角度來看這件事，曾經待過的花園竟是他最想回來的地方，也讓我感到欣慰。

今天要說「再見」了！期望在他的故鄉有緣再見。

小花的狀況果然不太好，工人可以看著牠，卻不懂得照顧牠，但不是工人的錯，能看著小花對我而言已經幫大忙了。

我接著幫小花換藥，有點不太敢看牠的傷口，工人已先跟我預告，牠的手掌快斷了，還散發出臭味，果不其然，還沒解開繃帶已聞到腐臭味，一解開繃帶，整個手掌僅剩表皮連接，手掌已壞死，垂垂欲墜，第一秒我發愣，第二秒我思考是否該帶去給獸醫截肢？第三秒我拿起剪刀將那壞死的手掌剪掉。

這天，我陷入一個漩渦，「得償所願」四個字閃過，回想小花從受傷開始，整整 2 年 6 個月，牠也才 5 歲，只有一半的歲月是作威作福，接下來飽嚐皮肉之苦，被補獸夾夾到後，獸醫說要截掉整肢臂膀，我極力爭取只截手掌的部份，後來在我努力包紮下，牠的傷口竟漸漸癒合了，一度都好了，卻又好幾次因為外來因素，導倒傷口又裂開，我索性讓牠載頭套，一載就是一個月，牠開始出現皮疹，就這樣，一整個像河水潰湜般牠病得愈來愈嚴重，開始吃藥，吃不完的藥，醫生也無能為力，我嚐試各種方法，但只有更嚴重，不得不承認，我錯了，致使牠的傷口潰爛，牠開始啃咬自己的手掌，咬斷了骨頭，獸醫說，骨頭是回不去了……今日，牠的手掌如獸醫所言，壞死或許就脫落了，想到當年我極力爭取只截手掌的部份，兜了一圈，這是得償所願嗎？我陷入一個漩渦，這個漩渦是我們折騰了兩年半，好想哭，可憐的小花與姐姐。

　　中秋節，賴師與黃師來電說要來晚餐，兩人明顯拖著疲憊的身軀前來，我猜想她們是想到我一個人過中秋節太孤單了，所以哪怕已經工作一整天，累得半死，依然來我農莊一起「團圓」，我因此有了不一樣的月圓人團圓，謝謝山居好友。

0930 星期六 晴
輆瓣蘭來了

　　從來沒有遲到早退過，輆瓣蘭如期在中秋節開了第一枝花，出國門前還聞風不動，昨一早走進花園，赫然發現輆瓣蘭開了，算一算枝數，剛好今天露營一帳可以送兩枝，自己留一枝。

十 月

　　我那美麗的誓言「不成林，不下山」，
為了讓樹快快成林，我能快快下山，只
好再度掃一掃床底下的銅板。

十月

1003 星期三 晴

賣故事

開故事館是因為我想販賣故事，又是一個夢想的起心動念，販賣「夢想」通常都不會賺錢，如同造林，非但不賺錢，還要賺錢養它，但我曾經這麼鼓勵自己「讓夢想起飛，讓意念跟隨」，再一次讓夢想起飛，讓意念跟隨，成敗先放一邊，端看自己能耐如何？館內都是我的文創商品和故事商品，每一個商品都有它的故事，包括我最愛的貝殼，如數家珍的收藏品，我只問自己捨不？若您來可以聽我娓娓道來每一個故事。

連桌子、椅子、吧檯都有故事，都是別人饋贈，我怎麼想方設法到各個地方將其載回，又怎麼東拼西湊組合出合用的東西，幾乎在不花錢的情況之下打造了一個故事館的陳設，並且把「花舞山嵐」搬下山（台中），一定要來聽我說故事，一切的故事要從這座城堡說起，公主與王子並沒有從此過著幸福快樂的日子……

希望能如期在月底開張。

隔壁阿姨問我要開什麼店？

她以為是美髮院，因為店招裡那個女生的頭髮飛起來。阿姨想像力挺好的呀！

1004 星期三 風大

再進宮

Nono 應該創下工人進宮次數第一名，昨天這小子又來電話，說想再回來，好嗎？想必選擇中秋節離開是朋友團聚，人潮散去後最是空虛，於是又想到姐姐。我回：「好啊！」他沒預期我這麼爽快，反倒問：「好哦？」

接下來是旱季與花季，造林區的雜草已經鋪天蓋地，估計兩名工人都栽進雜草堆裡也要整整一週不能出來，更別說阿三最近常「出差」，這時多一人手何樂而不為？只是開車去北部接他，來回 5 個多小時，累！

1007 星期六 晴

酒是狠角色

老友隆哥夫婦偕同好友夫婦一同前來渡假，加上好鄰居夫婦也回鄉渡假，於是晚餐大夥一起熱鬧，隆嫂帶了麵線來，我直覺是幫隆哥過生日嗎？隆嫂倒也沒想那麼多，就說吃羊肉爐＋麵線不是絕配嗎？我說，那就一起慶生吧！

隆嫂說：「出門才想到忘了帶酒來，但隆哥說，沒關係，似蓮喝酒，肯定有不少酒。」好鄰居則說：「莊主深藏不漏，喝酒面不改色。」突然覺得有點惡名昭彰了我！好鄰居繼而拿出 35 年威士忌，正合隆哥興致，加上今晚小慶生，隆哥可開心了，說是四個月沒沾酒，今晚酒仙來飲，一口一口乾，不小心喝多了，竟忘了今夕是何夕？但我真覺得人生難得幾回醉？大夥初次見面，卻能一見如故，酒，果然是狠角色。

1008 星期日 午後大雨
天涯淪落人

下午，連 Nono 的女朋友都回來了，因爲工作不順，有時眞不懂這些工人，來來去去坐計程車，一趟兩、三千元，光這趟兩人回來都花五千元車資了，更別說離開的時候又是一筆錢，怎麼就不知道要省錢呢？離鄉背景不就是爲了賺錢嗎？出去又是吃又是住，都是錢，姐姐我知道賺錢不容易，能省則省，這些工人怎麼就不知道有樣學樣呢？

同是天涯淪落人，我能收留，但往後的日子還很長，什麼時候才能衣錦還鄉呢？他們。

1009 星期一 午後陣雨
軛瓣蘭花開

軛瓣蘭像在慶祝國慶日一樣，300 支花同時綻放，如施放煙火般燦爛。

今天是這個花季第一次出花（貨），坐在工作室第十二個年頭，靜靜地與花相視，品味心境的轉變，一年更勝一年，若不是藉由花期沉澱心靈，我應該不會有這麼深刻的感受，漸漸地忘記了些事，也記起了些事，那些年不是我的我代替過了些日子，原來的我漸漸地浮現了。

1010 星期二 早晴晚雨

鋸樹

不知道從什麼時候開始鋸樹的，而且愈鋸愈大棵，還教工人怎麼鋸，讓樹的傷口傷害最小，我如果不會鋸樹，這些倒伏的樹怎麼辦？亂長的樹怎麼辦？每次鋸樹的時候，就覺得這種事情怎麼可以是生活的一部份呢？並且很自然的判定，鋸與不鋸，不免想，我有著不真實的人生。

在鋸樹中得到一項成就感，工人在我的帶領下，多半能下刀準確。早上和工人在櫻花林區做整枝的工作，有感樹長大了，我已經能攀著它們更安全地移動，這應該才是最大的成就感吧！

1011 星期三 晴

慧眼識英雄

今天來作客的是濟公師父一家人，晚餐我與濟公的岳母緊鄰而坐，席間，岳母大人與我滔滔不絕，說早已久聞我大名，並對我的作為非常讚賞，有趣的來了，她說：「妳這麼能幹，應該去選總統的。」表情很認真哦！又說：「可惜今年來不及了。」我一聽，來真的，馬上正襟危坐，回覆：「阿姨，您等我四年，四年後，我出來競選，您一定要投我一票。」隨即舉起酒杯敬阿姨的抬舉，阿姨說了：「我們家很多票，都投給你，再幫你拉票。」我又舉起酒杯：「謝謝阿姨，就這麼說定了，等我四年，一定出來選總統。」憋住笑，我沒去當演員有點可惜了。想想，阿姨太愛護我了，沒有叫我從基層做起，直接從總統幹起，慧眼識英雄啊！

2019 年爲了種下的上千棵樹苗，花了十幾萬在造林區全面裝灑水設備，那時很猶豫要花這筆錢嗎？眞沒什麼錢，那時；現在依然沒什麼錢，才發現，日子總過得去，慶幸那時爲樹做了灑水設備，提高樹苗存活率。

爲了讓樹撐過幼年期，還是掃掃床底下的銅板吧！拉好全園區水管的總長度自嘲應該可以拉到阿里山了，經過兩年，水管陸續斷、修補、斷、修補，一直到去年，嚴重斷裂後沒有再修補，心想，有時間再來修補，這一想又是一年，於是，去年只針對補植的樹用人工噴灑。

又隔了一年，也就是今天，因爲怪手要翻土，水管卻佈滿地，我突然一個念頭閃過，讓它退役吧！我當初不也設定澆水兩年就夠了，才用薄水管嗎？夠了，樹長大，是老天爺的了。於是工人開始滿山遍野尋找水管，一一將水管拉回，一天下來，拉回的水管只是冰山一角，看著這些水管一一撤出林區，彷彿聽到樹感謝這些水管曾經的幫忙。

1012 星期四 晴
我是空氣

早上朋友來訪，帶著他們導覽園區，遠遠便聽到大門口處在鑽地面的聲音，順勢走上去一看，三個大男人正用電鑽在我家門口前鑿管線路徑，見鬼了，我瞪大眼睛：「你們是誰？爲什麼可以不經我允許在我的土地上擅自開鑿？」對方理所當

然回我：「村長沒跟你說嗎？我們是來埋下方村子要用的自來水管線……」我沒好氣的回：「村長沒知會我，你們人到現場也沒打聲招呼，是怎樣？！」當我是空氣，知道有我的存在，卻看不見我！？視我為愚民，太可惡了！從有「自來水」這件事，就沒人跟我提過要申裝，包括一村之長，無視於我這個村民，今天下方管線要經過，說鑿就鑿，完全化外之民，不知「尊重」為何？好大的地方官官威啊！

　　我家大門的地面是我自己花錢拓寬、舖設，我家的水源是我自己花錢挖出來，下方檳榔用戶享受既有利益進出，其中一戶每次噴藥就擅自裝水，他以為山泉水不用錢，殊不知，我的水是用「高額電費」（馬達抽水）取得，拉管線也要錢，我享受山林的美好，是我用錢換來，有人卻輕易掠奪，佔一介女流便宜，我瞧不起這些人。

1013 星期五 涼爽

烤肉

　　有時候烤肉不是真的愛烤肉，而是那種一群人夜幕低垂坐在戶外，升火，烤點食材，聊聊天的氣氛。

　　今晚，與山居友人相約十月慶生，自從定居山上後，生日聚會成了吃吃喝喝的藉口，有人建議烤肉方式，剛好補烤中秋節，也找上工人一起來同歡，工人自願當主烤官，我們這群中高齡也樂得等吃，烏漆嘛黑吃什麼根本囫圇吞棗，反倒是大夥距離上次相聚已整整一年，同為十月慶生，一年時

間很快，有些人不再參加聚會，有些人失去聯絡，有些人不喜歡我了，無論如何，不變的是我依然歡喜能認識這群山居友人，哪一天當我離開山上的時候，一定會很懷念「山居生活」，那些回不去的曾經，快樂的、不快樂的，都豐富了我的生活。

前年有一小塊地，種了百棵的牛樟只存活一棵，實在沒成就感，由於地表層都是石礫，樹很難存活，於是找了怪手翻土後改種烏桕，存活率 8 成，今年又發現一小塊地有一樣的問題，3、4 年了，其間補植過一次，前後加起來也近百棵牛樟樹，竟都沒存活，再度有請怪手來翻土，如果不這麼做，我什麼時候才能下山呢？我那美麗的誓言「不成林，不下山」，為了讓樹快快成林，我能快快下山，只好再度掃一掃床底下的銅板。

三天下來，土層明顯在上了，感覺下一批樹苗能快樂長大，做這些都不會回收（賺錢），純粹作心酸，這個心酸只有我自己懂，是發自內心不求回報的付出，有我對土地的承諾，想看到種下的樹長大，而不是一再一再補植。

1014 星期六 晴
甜柿

偷閒去了達娜伊谷，穿越美麗優靜的小徑，遇見我愛吃的甜柿，抱回一大堆，可開心了。

1020 星期五 涼爽
見鬼了

開始覺得這些人要嘛聽力有問題，要嘛腦力有問題，才說要鑿我家大門前請先告知，今天，我非常難得一早去大門修枝，肯定又是魔神叫我去的，因為見鬼了！

一輛小貨車停在大門口，正下機具，我一看，就是上回來鑿管線的人，怎麼又來了？不是說好事先告知的嗎？對方說：「正想要打電話給你。」我回：「不是來了才打電話，是『事先告知！』好嗎？！不是這樣做事的……」我有點火了，對方說，讓他趕這一段起來，很快，他也是受村長之託，我差點答應了，一轉身，心想，趕工？關我什麼事啊！愈想愈生氣，又轉身，一吐怨氣：「兩年前村民圍堵我家，硬生生切斷我家水管，後來拉自來水管線沒我的份，誰管我沒水用？怎麼這回水管要經過我家門沒人來了……」霹靂叭啦飆完後，把他們轟出去，過癮。

1022 星期日 晴
南故宮

來嘉義很多年了，從 2015 年故宮南院開放就一直很想去至今，都說那裡環湖很美，心嚮往之，今日下午送貨下山，便與朋友相約前往，也帶上餐點，或許可在林蔭下環湖邊或草地上野餐也說不定，到的時間滿剛好，天將暗之際，走了大半圈，發現腳又使不上力了，環湖的燈光也亮了，於是找個位置坐下，吃點東西，感覺起風了，坐不久，便起身回程。

我想下次應該早點來，可以進去館內逛逛，環湖很美，只可惜心境上仍有欠缺，走在涼風習習的環湖邊上，我想的是人生怎麼會走到如此孤寂呢？那拂過臉頰的風，有點寒冷；寂靜的湖面是否跟我想的一樣，爲什麼一絲漣漪都沒有？同行的友人不懂我爲何輕嘆，我不喜歡黑夜降臨，在夜幕低垂前，離開，是收拾心情最好的方法。

1023 星期一 晴

身體，生日快樂

　　今天是我生日，去醫院就診，算是給自己的生日禮物，因爲我實在太皮了，右下半邊身已經痛到幾乎無法持續行走，連睡覺都痛到不是睡不著，就是痛到睡著，仍不願到醫院檢查，今天，我給自己的身體一個生日禮物，就是乖乖到醫院就診。

　　醫生說，我坐骨神經嚴重壓迫，要這個……要那個……，不然將面臨手術的那一天……我知道不管哪一個我都無心，下山一趟復健對我而言，太花時間；工作不搬重物很難。基本上我的心態是放棄治療，但我願意在家試著復健，我愛我的身體，但我知道我對不起我的身體，也謝謝我的身體長時間辛勤工作，此時此刻希望身體能原諒我的不積極治療。

　　身體，生日快樂，我愛你。

1024 星期二 晴

蛇

入秋後便如火如荼在造林區除草,經過大半年,雜草長得又大叢又長,我們會分兩階段除草,第一階段先用鐮刀劈草,讓大草先倒伏,第二階段便是噴草藥,讓雜草乾枯,這樣的除草至少可以維持半年,一直到明年春天。

這個時節最容易遇到蛇,尤其造林區,工人一週內傳三張在工作時抓蛇、玩蛇的照片給我看,感覺滿欠扁的,前幾天抓到一尾不小的赤尾青竹絲、今天則抓到一尾更大的龜殼花,都把玩在手中,這工人不怕蛇,我倒也不覺得驚嚇,比較令我好奇的是蛇的下場?工人說:「趕到檳榔林去了。」我聽了很滿意:「太好了,檳榔林老闆很壞,都佔姐姐便宜,以後蛇都送去他那裡。」

1025 星期三 晴

何時開門

故事館確定 10 月開不了門,11 月一定開門。

陸續上架了些故事商品,以及自由品牌商品,目前就差文創商品。每個故事商品都讓我回憶起種種;自有品牌則是一種成就感,我不一定玩得出名堂,但努力。

1028 星期六 午後陣雨
動手腳

抽水馬達前幾天突然不動，已經一週沒抽水，都快見底，找來山上大哥檢查，第一時間以爲是計時器壞了，雖然計時器才剛裝上四個月，但也認了。再買來新品裝上，依然不動，經過大哥檢查再三，原來的計時器並沒壞，而是電線被動了手腳，正常不太發生這種事，他說，導致他誤判，我眞不敢置信呀！！

我的山居生活，活生生像極了一場生存遊戲，還聽聞有用望遠鏡觀看我這裡的村民，太不可思議了。

1029 星期日 晴
請益

收到一位退休教授私訊「請益」關於造林的事，我說請益不敢當，經驗分享倒是，就我所知，知無不言，言無不盡。

我不是林木業界也不是學界相關的人，只是與樹生活在一起的人，卻經常受週遭朋友詢問，回覆一些簡單的問題，我的榮幸，我總是很得意在植物方面能給週圍的人一點點幫助，也不枉費我與樹木爲伍多年，受樹木教導。

「老師您好，請益不敢。謹就您提的兩點，用我的觀點回覆。

一、去除雜木對山林是一種傷害。

我猜想您的「傷害」是指除草劑而言，我個人以為若長遠來看待土地（在此將「山林」更正為「土地」），短暫的「傷害」是有必要的，如此才能造就對土地更有益的樹林，畢竟「雜木林」對土地的效益不大，尤其藤蔓，往往是樹的殺手，造就「有用之材」才能對土地與人類有實質幫助。

回到「傷害」這件事，現在的除草劑對土地的傷害多半已改良到最低傷害，以我林區而言，在林蔭未全面覆蓋的區域，一年用除草劑噴灑一至二次，才能有效控制雜草，避免主要樹種被覆蓋而死亡，這樣的噴灑會一直到林蔭足以抑制多數雜草仔萌發為止。

二、讓土地自然演替產生次生林。

因為是廢棄十年以上的檳榔林，代表沒有原始樹種，很難演生「次生林」，除非在這之間有種植過樹種，經砍伐後，便能生長出二代木。不論是次生林或二代木，在樹木未長成前，雜草與藤蔓對苗木都是一種威脅。

我從一片檳榔林開始，從砍伐到造林再到森林，個人認為造就「有用之材」確實是一種成就感，值得。中海拔能種的樹種很多，存活率高，至於陡度，若前人能種下檳榔樹，就代表後人也能種下其它樹種，不用太擔心。樹種的選擇若沒有特別偏好，在較陡的坡度以先驅樹種為主，通常第二年能看到成效，並且能先穩固山坡地。以上淺見，希望對老師能有所助益。」

1031 星期二 晴

夢想旅程

　　故事館應該是告一段落了，多數朋友仍然不明白「故事館」到底賣什麼膏藥？其實就是一個「夢想」，就像我造林一樣，一開始是一個夢想；而故事館是我想將「花舞山嵐」搬下山，讓更多都市人看見她的美麗，看見我一手打造的花園與樹林，讓更多人知道，每個人都可以默默地為地球盡一份心力，所以故事館真正賣的商品是「夢想」，就讓夢想起飛，讓意念跟隨吧！

　　記得 6 年前為了實現夢想，我賣掉所有值錢的東西，孑然一身只為了造林，這次故事館中的故事商品是我的收藏品，其中數量最多的是貝殼，那是我從 20 歲起便收集的珍藏，從來只進不出，數量已不亞於一間商店，為了能夠在山林玩久一點，我曾經的捨不得成了捨得，雖然好幾次拿出來又收起來，來來回回，好像在跟自己內心那個捨不得拔河，最終還是拿上檯面，足見山林之於我的力量無窮；每個貝殼都是獨一無二，我由衷讚歎他們如此美麗的同時，也笑自己怎麼能夠對貝殼這般癡迷？有次去一間貝殼店，老闆說貝殼玩家多半是男性，少見女性，這點讓我訝異，我以為這般美麗的藝品應該是女性偏好居多。

　　現在，我想用第二夢想來支持第一夢想，繼續我的夢想旅程，而您的支持是我守護山林的後盾。

十 一 月

牠從沒有怪過我，每次幫牠換藥，牠
的頭總是挨著我的手，似乎靠著我牠便
得到了慰藉，我蹲在牠的身邊，說：「小
花是姐姐的心肝寶貝。」這麼說，多少能
彌補我對牠的虧欠，撫慰我自己的心靈
更甚於小花的心靈，我嘆息著。

十一月

1102 星期四 晴

小花

　　沒等到小花從青蛙變王子給我驚喜，卻已在今早親手送走了小花，小花大概是我養狗以來跟我關係最緊密的狗，牠的後期，病情每下愈況，最後這一個月，我擔心牠隨時會走，一早醒來去看牠成了每天第一件事，突然一個念頭，我開始對牠懺悔，因為沒有把牠照顧好，我總對著牠或在內心說：「小花對不起，請原諒姐姐沒有把你照顧好，姐姐愛你，謝謝你陪伴姐姐。」一再一再的反覆，「謝謝你、對不起、請原諒，我愛你」。在這之前，我還會生牠的氣，為什麼不聽姐姐的話，把自己弄得一蹋糊塗，漸漸地，我的氣熄滅了，並理解到，牠就是一隻狗，不會言語，是我沒把牠照顧好，我不再生氣，反而對牠懺悔，請求牠的原諒。我猜想，牠從沒有怪過我，每次幫牠換藥，牠的頭總是挨著我的手，似乎靠著我牠便得到了慰藉，後期的牠很不堪，完全變了個像，毛髮快速脫落、全身散發惡臭，像極癌末症狀，大概只有我認得牠是小花，只有我依然靠近牠，摸摸牠的頭，跟牠說話，在牠最健壯可愛的時候，我未曾對牠說是我的心肝寶貝，在牠面目全非時，我蹲在牠的身邊，對著牠說：「小花是姐姐的心肝寶貝。(這也是我第一次這麼對小狗說)」我想唯有這麼說，多少能彌補我對牠的虧欠，撫慰我自己的心靈更甚於小花的心靈，我嘆息著。

這兩年半來，牠時好時壞，有時看牠像一面鏡子，總覺得，所有的狗，就牠最像我，個性剛烈，不受控制，享受山上的自由自在，我行我素，哪怕受傷了依然不當一回事，我放任牠到處奔跑，卻生氣牠老是跑給我追，老是被街坊鄰居告狀……過去種種一一浮現眼前，我親愛的孩子終於脫離那副臭皮囊，跟隨菩薩讀書去了，相信此時的牠已經從青蛙變王子，帥呆了。唯一讓我暗自落淚的小狗，姐姐祝福你。

　　「姐姐愛小花，小花也要愛姐姐，謝謝小花陪伴姐姐多年，姐姐對不起小花沒有把你照顧好，請原諒姐姐。」這是後期我經常對小花懺悔的內容，彷彿聽到小花傳來：「小花愛姐姐，謝謝姐姐的照顧，小花對不起姐姐，讓姐姐生氣了，請原諒小花。」

1103 星期五 熱

竊水

　　取水噴藥的用戶又出現了，他很自然進到我的起居範圍取水（我其實很想說「竊水」），我問他為什麼不到下方取水？也是我的水源，也不小，已經好言規勸多次了，他還是依然故我，任意進來我的生活範圍，不懂為什麼，我的水要錢，給他免費用就算了，但我已不勝其擾，好想放狗咬人。

他回我：「這裡的水比較大。」為什麼他不去搶銀行錢比較多，賣什麼檳榔？！這裡的水再怎麼快速，也不能構成他任意進來取水的理由，這是我家耶！為什麼可以這麼理所當然？我真生氣了，不久他又來取第2噸水，我終於忍不住，慎重告訴他：「以後請你到下方取水，可以嗎？」他正視我一眼，應該有感受到我的不悅，回覆：「好的。」他其實已經是緊鄰我土地三戶中最有禮貌的一戶，如果用「好人、壞人」，二分法，我發給他「好人卡」，唯一進出大門會關門的人，希望這是最後一次看到他進來我院子了。

1105 星期日 熱
馬拉松

在澎湖完成了我人生第一場馬拉松，半馬，基本上從10公里後就用走的了，在關門前最後一刻抵達。

這陣子因為坐骨神經痛，右腳幾乎不能長時間行走，嚴重程度已經影響到睡眠，要嘛痛到無法入睡，要嘛痛到睡著，也因此超過一個月沒有跑步，加上最近忙著故事館開張，精神狀態也不是很好，完全沒有把握能完賽，但我太想藉此去澎湖，也太想跑一次馬拉松，權衡之下，在前一天便開始服用醫生開立的消炎止痛藥與肌肉鬆弛劑，我想，最起碼能支撐我用走路完賽吧！

第一個 5 公里很認眞的跑，第二個 5 公里已經斷斷續續，接下來的 11 公里只能勉強用走的，愈走腳步愈沉重，若不是賽前與宜蘭妹子相約跑這一場，沿途有她相伴說說笑笑，一起讚嘆澎湖的美，轉移了注意力，不然在大太陽底下我應該會不敵「收容車」一直在一旁頻頻向我招手的誘惑而跳上車，中止路跑，還好我們有志一同，就算用走的也要走完全程，不覺中四個多小時已過，唯獨臉黑了一半，一度以爲超過關門時間，我人生的半馬終將沒有留下記錄，沒想到關門時間往後延了半小時，不知是爲我們而延？還是賽事時間眞的延後？不得而知。總之，在關門前踩線，那雙腳已經不是我的了，勇奪女子組倒數第二名，完賽！四小時四十分。

　　都說澎湖的馬拉松最好，有龍蝦、螃蟹、蝦子，各式海鮮，沒想到在第一個補給站，傳說中的龍蝦眞的出現了，還有一堆螃蟹、蝦子、各式海鮮……根本就是爲美食而跑，這是路跑中讓人精神爲之一振的事。

　　回到飯店，用僅有的力氣沖個澡，整個人便神遊太虛去了，前所未有的疲憊。

1106 星期一 熱

後會有期了，澎湖

到澎湖必做 3 件事，一定要到觀音亭吃鹽酥雞配啤酒看夕陽；一定要和老朋友見上一面；一定要踏浪，這次時間不夠，踏浪從缺。

觀音亭越變越現代感，美麗的彩虹橋，LED 燈不斷變幻色彩，倒映在海面上又形成了一座橋，炫爛而迷人，路燈沿著海岸佇立兩側，充滿詩情畫意，都快忘了 31 年前那個只有堤防的觀音亭的樸拙，反而是我越顯樸拙，運動褲、T 恤、布鞋、小帽，坐在海堤邊看著西沉夕陽，享用美食，感受美好的一刻。

31 年前在澎湖「老謝的店」打工，從此和老謝成了好朋友，每回來總要和他喝杯咖啡敘敘舊，今早時間稍微倉促，趕著中午航班，仍意猶未盡便要道再見。

後會有期了，澎湖。

1107 星期二 晴
開賣

　　從以前就很喜歡種子，不僅撿，還買，大大小小，只要沒見過的種子都帶（買）回家。記得很久很久以前，在沙灘上撿過一顆「大種子」，只覺得特別，從來不知道它的名字，一直將它與沙放在一個玻璃瓶裡陳列在我的櫥櫃，經過了一二十年，仍然不知道它的名字，一直到今年，看到自己種的油杉長了毬果，居然就是那粒依舊默默在廚櫃裡的「大種子」，原來是油杉，太有趣了。

　　有時想想，所有的事都有徵兆，只是當下不自知，年輕時莫名地喜歡種子，看到種子就忍不住停下腳步，或撿或買，它們一直出現在我身邊，其實就是一種訊息，只是萬萬沒想到，等在我後面的竟是造林。

　　店開賣了，台中的朋友有空來喝咖啡囉！雖然我不一定在，但一定有人在。朋友多少猜測我是否想要回台中居住了？又或者發生什麼事，怎麼捨得販售我的收藏品？都不是，就是冥冥中的安排。有一段時間，我不太知道回台中的意義在哪？曾經的家都不在了，那種感覺很茫然，反而很想離開台中，我想，老天知道，再度給了我一個回台中的意義，畢竟，每個人都有根。

1108 星期三 晴

同學

　　一個機緣認識了一位記者，她的名字恰好與我的同學名字同音，於是她喚我「似蓮同學」我笑說：「果然是同學，同名的同學就是這麼叫我。」對於花舞山嵐與我，她有一點耳聞，於是我們有了一次深談，然後她說，她要報導我，希望能推我一把，讓更多人知道我，有助於我的經濟收入……

　　今天，她傳了影音檔給我，是她準備發稿的內容，我看了好幾次，內容簡潔扼要，說明我造林的動機，自己看完都覺得不容易，走入山林已經十二個年頭，後面六年尤其艱辛，有些人總是不遺餘力地在幫我，讓我更有前進的動力。記者同學的聲音真好聽，尤其她說到「陳似蓮」三個字的時候，顯得特別溫柔。

　　已經八天沒下雨，感覺要進入旱季了，入秋以來第一次澆水。

1111 星期六 晴

得力助手

　　Nono 一早離開了，這次相信是真的離開，不會再進宮了。他一直是得力助手，在工人中，算頭腦靈活，手腳利落，進進出出六年了，歷經我從無到對外營業的階段，也參與了造林過程，那時是我最艱苦的時候，大部份的錢都買了樹苗，常常連買菜錢都顯得拮据，偏偏 Nono 不吃菜，只吃肉類，當時還覺得他是故意的嗎？一段時間後才知道是真的，他寧可吃白飯配辣椒，都不吃青菜，因為青菜讓他想吐，非常令人不解，而那個階段我剛好吃蔬食，也還能將就買些肉給他吃，想想那時的伙食相較於現在，真不好啊！現在是吃不完的雞腿和魚，全年無休的高麗菜，但我卻忘不了當時餐桌上永遠的空心菜的滋味啊！

　　他剛來第一週要離開時，坐在車上，用著生硬的國語跟我說：「姐姐，以後有工作叫我。」從此他來來去去，有高薪的工作就離開，作完再回來繼續我的工作，我因為薪水不如人，從來不阻止工人往高處爬；他的罩門是不能沒有女人，除了高薪會離去外，還有就是因為女人，為了女人天涯海角都去，被我封殺的原因也是因為女人，在這裡生了一個寶寶，第一個叫我「阿罵」的小女孩，他回家鄉了，帶的不是小女孩的媽媽……

那幾年他幫了不少忙，包辦所有粗重的工作，什麼搬磚、鏟石、砌牆、種樹、挖土、打草、噴藥……稱得上是我的革命同志，包括這些年一直接續的工人，沒有這些工人我走不到今天，每位工人都是上天派來的使者，完成階段任務便離去，約好哪天我去他們家鄉時，一定去拜訪。

1112 星期日 晴
小空間大容量

我的故事館空間不大，如果要容納十幾個人完全塞不下，於是我將二樓原本的小客廳給清出來，成就一個獨立空間可以給十幾個人聚會的場地，而多數時間將是我的工作室，才不會每次回台中，與小史開會或我自己用電腦，只能就著餐桌，終於有個像樣的大桌子了。

要說這張大桌子，我可是很滿意，買了桌面、桌腳回來 DIY，長寬 240*100 公分這麼大一張桌子，只要 3650 元，準備迎接故事館第一批預約客人。

1114 星期二 晴
繽紛鳥巢

七月從台東解體載回來的鳥巢，一直擱置在角落，終於在上周動工，組裝完成，也上了園區代表色－豔紅，今日再加以裝扮，成了繽紛的鳥巢，園區更美了，鳥巢的位置在東邊，象徵早起的鳥兒有蟲吃。

1115 星期三 入夜後小雨
2024 桌曆

2024年桌曆即將出版，祈請舊雨新知繼續支持，您的支持是花舞山嵐農莊守護山林的後盾。2024桌曆編排以花舞山嵐的實景與小史的插畫並列，每年我們都會有小小的改版，是新意與心意，無論是創作或園區的成長，都希望呈現我們用心的一面。

其實明年的桌曆我原先不大想做，時間有點緊迫，桌曆這東西還是有點時效性，沒有在十月讓使用者拿到謄寫次年度計畫，就失去先機了，但小史仍希望將桌曆精神延續下去，於是有了2024桌曆。

1116 星期四 晴
收拾過去

故事館開張十天，生意並不好，除了地點在巷弄外，商品也不夠強勢，知名度在地平線下，還需要長期抗戰，但我真正想表達的是，這是表面所見，看不見的才是我真正收穫。

在驅車回台中路上，驚覺這次整理故事館，竟無意間將櫃子裡以前和T的照片統統打包了，六年了，我一直動不了手處理那些照片，有時回來看著照片會覺得那曾經是我的生活，從30幾歲到50幾歲的我們，我不想抹滅，也知道隨著時間流逝這個人不會再回來了，卻一直在過去與未來徘徊，我不願收拾過去，包括所有的帳單名字依然是T，好像每個

月看到他的名字就像看到他一樣，我甚至不知道什麼時候要去將帳單改回我的名字？很重要嗎？我自問。或許哪一天出現一位讓我心儀的男人，應該會恨不得馬上拿立可白把過去都塗掉，一點痕跡都不露吧！

　　女工幫我清空櫃子，問我相片怎麼處理？我看著從年輕到年長一張張甜蜜的合照，倒也沒不捨，只是有點愁悵，說：「他都不要姐姐了，隨便吧！」居然是在這種情況下打包這些相片，終究不是經由我的手，這一刻不得不佩服老天英明，祂知道真正該打包的是我，唯有藉由這個故事館。

1117 星期五 晴
酒與甜柿

　　晚餐，我附的水果是甜柿，聽到客人一副很猶豫的口氣：「要不要晚一點再吃，先拿回房間。」我好奇的問：「怎麼了？」

　　原來我晚餐的湯是燒酒雞，他們說，這兩樣一起吃不是會中毒嗎？我跟他們打包票，不會，我喝過很多種酒，再吃甜柿，都沒事，要是不放心，不然我先吃好了，等會兒我沒事你們再吃。客人哈哈大笑，那就一起吃吧！

1118 星期六 冷
生存遊戲

　　我的山居生活，生存遊戲篇有了新劇情，前陣子來挖我家大門的路埋設鋼管，村長與水電工均說是自來水管線，我

不疑有它，心想是公共事業，再怎麼不情願也認了，這兩天據聞是地方建設經費數百萬，用以公田村 130 縣道山泉水管線（又稱簡易自來水）配置，理應每戶皆能得到配管，唯經過我家時，村長非但沒有公平給予應有的管線配置，還與廠商串通謊稱是自來水管線，10 月強行切割我土地，不僅極度漠視我人權，還有欺壓之嫌，我得知實情後，請村長給予公平對待，村長置之不理，對於破壞我私有地也沒有善盡修補，其作威作福之姿讓身為村民的我有被欺凌之感，政府的美意應該讓每個人得到公平對待，不是嗎？我非常非常不解，再三傳訊息問村長，為什麼要騙我？

「村長，你怎麼會騙我說是自來水管線呢？連同施工的水電工一起騙我，太惡劣了！經與自來水公司求證，這並不屬於自來水公司的管路，應該是我們山泉水的管路，既然是山泉水的管路又經過我家，為什麼我沒有分到一個管線？那我何必讓你們經過？你用騙的方式把我的路弄得亂七八糟，也沒修復，我也是村民，你這樣子做對嗎？」

一開始堂而皇之為了埋設管線把我的地挖的亂七八糟，我也沒追究，現在得知那是地方經費所建設，每個村民都可以公平享有，居然用騙的手段經過我家門，少我一條管線對他有什麼好處？到底有何居心？可恥至極。我強調是地方建設，怎麼拉到其他村民家，就該怎麼拉到我家！舊的管線不給我用，新的管線為什麼還是不給我用？村長已讀不回。到底要仗勢欺人到什麼時候？擺明就是濫用職權及施政不公！

1119 星期日 晴

摔倒

中午忙完客人，便驅車回台中，故事館尚在幽幽靜靜時，就是一間我存放「心」的地方，想回去放下心，回到別人口中的遠離塵囂，都市，一定有什麼等在故事館。

今年右腳大概犯太歲，傍晚借惠文（店員）的機車騎去買東西，回到家門口，要停車，一個重心不穩整個人連車一起摔倒，把機車都給摔壞了。我想我的右腳應該是出了問題，幾個月前在山坡上滑一跤，加上今天的事件，想想，都不是「意外」而是常期坐骨神經壓迫，導致突然麻木、無力，失去平衡，最近愈來愈嚴重，但我仍然漠視它，或許，我想等待奇蹟，就像等在故事館裡的，希望是奇蹟。話說回來，我會以靜制動，讓腿好好休養一陣子。

1122 星期三 晴

鍊鋸

今日去修割草機，看到架上的鏈鋸，繼上次要買鍊鋸受創後還沒入手，想鏈鋸很久了，在等待的過程中，我問老闆關於鏈鋸的事，心想就帶一隻回家吧，不要再猶豫了。

我請老闆組一支鍊鋸給我，老闆沒有問我，誰要用？他依照程序告訴我怎麼使用這支鏈鋸，過程中沒有因為我是女性，言語上有所輕篾，終於我不用再跟鍊鋸談戀愛，一直想它了。

1123 星期四 晴
孤獨

　　朋友傳來一隻影片「能享受孤獨的女人，內心是強大的。」她說直覺想到我，多數朋友看到「孤獨」兩個字，幾乎都會聯想到我。

　　關於孤獨，五、六年前我曾寫過那種巨大的孤獨感如何吞噬我渺小的心靈 (見第二本書《阿蓮娜的蛻變花園》)，從那時起，我的人生驟然轉變，漸漸地，巨大的孤獨不再巨大，哪怕它如影隨形，我終究無視它的存在，我一點都不想「享受孤獨」，太苦了！我學會「享受安靜」，靜靜地一個人作東作西，累了，就停下手邊看看山、看看樹；倦了，就看場電影；睏了，就小睡會兒；接觸的人少了，不覺中情緒也跟著收斂，情緒來了就寫寫文章，孤獨是什麼？

1124 星期五 晴
不便宜

　　今天啟用鍊鋸，我想最開心的莫過於工人－阿山，這個月我們幾乎都在林區做整枝的工作，不是手鋸就是小電鋸，更甚是用柴刀，時間與體力都相對耗損，有了鍊鋸，簡直是如虎添翼，事半功倍不少。

　　夏天的大雨將山上的大樹攔腰折斷，樹幹橫臥在往水源小徑上數月，每每經過總不那麼便利，終於移除了。那些因為水佔我便宜的人，應該讓他們來過上我一年如實的生活，才能體會所佔的便宜一點都不便宜，有重如泰山。

1125 星期六 晴
婚禮

　　我的工人今天要結婚了，從來沒有看過他人模人樣，難得他穿起西裝、皮鞋，露出乾淨的臉龐，跟平常工作包得只露出眼睛，全身髒兮兮模樣，判若兩人，我幾乎要認不得他了。我開車載他去會場，工人帶我去化妝間看新娘化妝、穿戴禮服，我為新娘戴上早已準備好送她的項鍊，讓她空空的頸子有了裝飾，她謝謝姐姐我，其實我都可以當他們的媽了。

　　他們請來牧師証婚，很簡單但很慎重，我是新郎現場唯一的「親人」，新娘也只有兩個朋友來觀禮；我看過工人曾經的女朋友，很漂亮、很甜，跟眼前這位要步入婚姻的女人，樸實、安靜，截然不同典型，我想婚姻的本質是踏實才走得遠，婚禮結束後，倆人在印尼店打包家鄉味，兩碗牛肉粉絲，連大餐都說不上，隨即跟我上山過他們的新婚夜，明天便各自回工作崗位，這是一場多麼簡樸的婚禮啊！

1126 星期日 晴
擦身

　　有一位附近大樓的鄰居，走進故事館，她很好奇在賣什麼？不只她好奇，很多人不明白為什麼是「故事館」？賣的是什麼？說真的，我也不知道為什麼要取這個名字，當時就靈光乍現，也覺得必然有因緣，不一定是當下，也許在來日會有所啟發，便跟著意念取了「花舞山嵐故事館」，同時覺得這是一個美麗的名字，會是一個契機。於是我開始跟她介紹山

上農莊，昨天她帶朋友來了，是第一位因為聽故事而來農莊的客人，很含蓄的客人，但我們聊得愉快，其中她說：我作的餐很好吃，菜色這麼好，應該沒賺錢……

故事的發生，往往是不經意，住在同一條街多年的我們，不知擦身多少次，卻在故事館內相識。

1129 星期三 晴
忙碌的生活

今天是 11 月 29 日，再一天就 12 月了，我在 11 月的最後一天，出這個花季的第一次花 (貨)，無法想像我到底有多忙？往年都是我在等花開，今年換花等我摘，工人昨天就在嚷嚷，要剪花了嗎？我說再等等，姐姐沒空。

開始冷了，花將逐漸綻放，而我也要開始挑戰寒風徹骨的冬天，同學來見我床舖上兩層厚毯，再蓋一層被，問我怎麼不直接用電熱毯？我說，那可不行，如果現在就用電熱毯，那接下來會有一個月，每天的溫度都是個位數，那時要用什麼禦寒？我得漸進地讓身體適應冷空氣，不然我即將長時間在戶外工作要怎麼越冬？我可以整個夏天不冷氣不風扇，足見冬天對我來講有點折磨，即便如此，我依然覺得山上最美的季節是冬季。

1130 星期四 晴

山林學堂

　　有了鍊鋸的這一週，我們如火如荼在山坡上將靠近邊界的檳榔樹鋸斷，沒想到還能清出一分地左右，是明年新植栽預定地，回想五年前，較陡的坡約有一甲多的檳榔樹，遍尋不到工人砍除，一度覺得這輩子都處理不了那些屹立不搖的檳榔樹，當時的我一籌莫展，村裡的人得知，跟我開價十五萬，最終以十萬成交，如今的我只要一把鍊鋸和一名工人，就能搞定山坡上的檳榔，這五年，山林教會我不少事。

　　砍下的檳榔，順勢滑落小徑上，工人將其切成一小段一小段，方便搬運至山崖邊丟棄，我應該搬有一百根，原本稍稍修復的右腿又開始顯得無力，只有離開現場才能阻止我忍不止想工作的身體，於是悄悄地撤退，留下工人繼續努力。

十二月

有感這六年的轉變太大了，我從一片
荒蕪走來，再走進一片林裡，一路上磕
磕碰碰，幸虧沿途不乏給予我支持的人，
讓我總能抖落身上的塵埃後再繼續前進。

十二月

1201 星期五 清晨下雨
舉木歡騰

　　大半個月沒下雨了，原本安排今早要去附近櫻花林澆水，竟在清晨下了一場大雨，真好，人工澆水再怎麼完善都沒有老天倒一盆水下來來得周延，舉木歡騰。

1202 星期六 涼爽
山產

　　這兩天姐姐帶阿雪夫婦來，去年他們從越南回來台灣公証結婚，來我這兒住上好幾天，我與姐姐為他們偷偷辦一場小小的見証婚禮，歡樂極了，不覺竟已過一年，時間太快了！

　　準備了兩道山產，一道半天筍牛雜湯、一道炸蜂蛹。最近因為砍檳榔樹，於是有了「半天筍」，為了這道菜，不僅出動電鋸，還出動鍊鋸，著實難搞；至於蜂蛹可別以為是園區出產，別人送的，倒是第一次炸，色香味兼俱。

1204 星期一 小雨
所託非人

　　回到故事館，發現店長已悄悄收拾東西離開，因為有一層朋友的關係，我也不好說什麼，基本上只有前兩週是正常開店，第三週起就有一搭沒一搭，第四週完全沒開店，因為生意不好，對於他而言無利可圖，我問是不是不想開店了？他說：有重要的事就離開，沒事就開店。我覺得本末倒置了，這不是作生意的態度，只能說所託非人，雖然早已有徵兆，但回來看見門關著還是有點悵然。

　　倒是被好朋友大熊嘲笑了，她說：「我跟你認識這麼久，常常我說的話你都聽聽，也沒當一回事，怎麼就相信一個突然出現的所謂『朋友』？」說得有道理，早餐，我問大熊要吃幾粒蛋？她回：「800 顆。」我說：「好，沒問題。」相識十幾年，多數時候她說的話，我都不當一回事，卻信了一個加起來見面十幾次的人，只能說，今年下半年牛頭馬面不少，活見鬼了。

　　我開始思考這家店的走向，甚至我的走向，我還有必要回台中嗎？這問題又浮上心頭了，我又來到十字路口徘徊，這個徵兆的指向又是什麼？我燃起一根線香問案頭的觀世音菩薩；朋友曾問，常點線香嗎？我回，不常，有事才點，這次距離上次點線香恐怕超過半年，如果沒記錯，上次燃線香是在母親往生時，總在困頓時點上一柱清香請觀世音菩薩開智慧，指引我方向。

1205 星期二 晴

我需要一個道歉

　　昨晚在一陣吵雜中驚醒，原來我在台中，對面大樓的人在門口吵架，又操三字經，感覺得出來場面紛亂，渾渾噩噩又睡著了。接著夢見 T 一家人來，夢中的我們沒有言語，突然一個凌亂的畫面，我大喊「我需要一個道歉」然後開始哭泣，掩面嚎啕大哭，身體不停抽蓄著，終於大哭一場了，這是我夢寐以求的事，雖然是在夢裡，但彷彿得到宣洩，而我依然沒有得到道歉，醒了，這個月滿六年，多少年後才能不再作夢？

　　我想，或許我從來沒有真正的告別過去，我需要的不是一個道歉，而是徹底告別過去。

1209 星期六 晴

支持者

　　時間不覺已第五年，許會計師再度帶著一家老小十口人家來渡假，今年多了小舅子夫婦倆，兩個媽媽依然一見如故，和藹可親，而當年那個抱在懷裡的寶寶，成了今日碰碰跳跳的小壯丁、女兒也從小學生到亭亭玉立的高中生，我都不知道自己變成什麼樣子了？

　　櫻花林夫婦今晚也來，晚餐顯得特別熱鬧，都是我的忠實支持者，再多的言語都不足以表達我內心的感動與感謝。在與櫻花林夫婦共進晚餐時，我首次將心中對他們的感謝溢

於言表，這條 130 縣道他們是我唯一的好朋友，並且肯定我，尤其讓我種植一片櫻花林是我人生走來莫大的成就感，說著說著，不禁潸然淚下，有感這六年的轉變太大了，我從一片荒蕪走來，再走進一片林裡，一路上磕磕碰碰，幸虧沿途不乏給予我支持的人，讓我總能抖落身上的塵埃後再繼續前進。

1213 星期三 晴
連續三年

　　台南花市拍賣員傳來花商分別在彰化福興宮和北港朝天宮所供奉的大型花柱照片給我看，很壯觀，所用的花朵都很大器，有不少進口花卉，相較之下虎頭蘭顯得秀氣了，然後告訴我為什麼要指定又大又直的花，因為虎頭蘭的位置最高……這是第三年台南花市跟我指定採購（指定規格及品質），一直到現在仍然納悶為什麼這個花商會連續三年跟我採購？我絕對不是最大場，也不是品質最佳的花農，我非但沒有溫室，連一塊黑網覆蓋都沒有，一個在四年前我從不出貨的市場，反而給足肯定，希望有一天能答案揭曉，當然，也很有可能我想太多了，純粹就是相同等級的花跟我買比較便宜吧！

　　拍賣員說，他總是鼓勵花商支持台灣花農，謝謝這位拍賣員，我不認識他，但電話那端的他總是叫我「姐姐」，上週，花剛出市場，還幫我一枝多爭取 10 元，2 開頭的拍價已經好久不見了。

1214 星期四 晴

A

A 是香港人，這是他第三次來花舞山嵐，第一次，是在
去年 11 月，跟我同學的乾姐前來，當時他對我一人獨自經營
花舞山嵐多有疑問，了解許多事後，應允日後將會再來；第
二次（4 月）他便帶了一群香港朋友來露營四天三夜；才半
年他又遠從香港帶了第二群朋友來露營一樣四天三夜，至於
一年來台灣的次數簡直當成自家後院。

又跟他們混了三個晚餐，不同於四月的組合女性居多，
這回是壯丁居多，伙食量驚人，這次有位特別愛料理的夥伴，
每個晚餐都精心準備，第二天晚餐，我特別為他們準備了三
道道地美食，一山豬肉、二麻辣半天筍、三鄒族小米酒，其
中最難搞的是半天筍，也就是檳榔心，其餘都是轉手而來，
對外國人而言，這些是他們未曾品嚐過的佳餚，舌尖中充分
感受到山區的美食美景，外加聽我說故事，花舞山嵐的美更
加烙印在他們心中，托他們的福，我也是第一次在景觀台晚
餐，感受露營的氛圍，而他們每個夜晚總是在星空下對飲，
此時的我便先行退場，回我溫暖的被窩窩去。

A 一群人走後，我趕緊整理這兩天的花，出些貨，趁送
貨下山之便，快閃博茶會，因為有一區用了我家的花佈展，
特地去觀賞，距離上次去是三年前 (2020)，為了去看那個大
茶壺，沒想到，最後大茶壺天天給我看，展會結束後居然因
緣際會送給了我。(詳細原由見第二本書《阿蓮娜的蛻變花
園－第十五章》)

1215 星期五 晴
化危機爲轉機

中午回台中故事館，與惠文聊接下來的工作排程，我想停滯不前不是辦法，跟著時代的驅勢走電商是勢在必行了，相信這次的危機會是一個轉機。

我看著冰箱有她預先煮好的咖啡，便告訴她，咖啡不用事先煮，要喝的時候再煮就好，要不你離開時把咖啡帶回去喝吧！不一會兒，她打開冰箱，裝咖啡的玻璃瓶就這麼硬生生滾落地上，滿地玻璃碎片，當下，我眞覺得咖啡生氣我了，乾脆死給我看，可惜了這冰咖啡呀！

1216 星期六 晴
意想不到

採了幾粒不大的枇杷，倒也黃澄澄，這輩子從來沒想過會吃到自己種的枇杷，還有看著木瓜種的跟藍球一樣大，這輩子意想不到的事太多，光走進這座花園森林就是我人生最大的意想不到。

經常散步在花園，有些植物種著種著就超過 10 年 20 年，一年一年看不覺得植物在長大，一晃眼回頭才驚覺自己不也「長大了」頭髮都斑白了。20 年前家裡種了一盆南天竹，愈長愈密集，得經常修剪，盆子也愈換愈大，根系塞滿整個盆，去年春天，我將它帶到山上，拆成五株，分種在經常走的杜鵑環路邊，到了冬天，發現原來它的葉子會變紅，是過去 20

年常綠的它不曾有過的美麗，我想，它在這裡是快樂的，終於可以儘情舒展，享受屬於它的溫度。

還有一株翠柏，圓圓的樹型，快跟我一樣高了，我喜歡向客人介紹它，讓客人猜它小時候的樣子，12 年前我剛來山上時種了很多棵翠柏盆栽，植栽都像足球大，漸漸大後也就陸陸續續都地植，就留一棵作為盆栽，沒想到，它長的最好，反而地植的沒那麼美麗，這棵翠柏我經常摸摸它的頭，很可愛的髮型。

有一盆茶花，我將三種不同顏色種在一起，開花時會以為是同一株，今年花開特別多，顯得特別漂亮，旁邊一盆黑貝拉茶花也不遑多讓，花朵數超越往年，這兩盆茶花就放在我每天必經之路，它們像是入冬信差，開始結花苞就在提醒我秋天了，見花開就知冬天了，這一季，客人總稱讚它們多麼漂亮，它們愈發得意，開得更燦爛，多數人以為我多會種，其實我也就沾植物們的光。

1217 星期日 涼爽
資深粉絲

今天我最最最資深的粉絲，周老師來作客，載她來的朋友說終於看到我了，周老師老叨唸著我，她老人家 (80 好幾幾)，直說下次要搭公車來，我說：「拜託，千萬不要，讓我表現一下，專車接送。」

周老師帶她的閨蜜一起來，也是 80 好幾幾，兩人依然嘰嘰喳喳說著寫情書的過往，我想，80 好幾還能一起聊情書的閨蜜不知羨煞多少人，閨蜜很得意的跟我說，她有 25 個 Line 好朋友，可以幫我推廣 25 人，原來，到了 80 幾，Line 好友有 25 位是多麼值得珍惜的事啊！

1219 星期二 涼爽

照夭鏡

從外面回來一到紅門，看見兩個男人鬼鬼祟祟，車就停在我家門前，我問什麼事？對方說是台電人員，來查電線的。其中一人還背對著我。我完全不相信，不論穿著、言談、車子、沒有任何檢測工具，肯定不是台電人員。真希望我有一面照夭鏡，能拆穿戴面具的假人。

1221 星期四 毛毛雨

歸去來兮

不甚熟的朋友來住上一晚，兩天一夜的相處，在某些情境下會出現大吼大哭，情緒失控。下午，下著濛濛細雨，我正在賴師隙頂家的陡坡上漫步，正好一通電話讓我停下腳步，無暇理會她，細雨漸漸變粗，她見我在雨中，不理會她的呼喚，愈發大聲，開始歇斯底理大聲哭喊我的名字，說她要回家了，我想她是無法控制自己的情緒，而我像被注射強心劑一般，任她鬼哭神嚎般的撞擊，在近日內憂外患都覺得自己快撐不住的當下，突然腎上腺素加速，我想，眼前的人生虛虛實實，虛幻中彷彿看見 62 歲的自己又站在遠方泰然注視

著我，好幾次當我覺得快撐不下去的時候，她就出現了，了不起的是她，支撐現在的我往前，尤其最近因為在村內被不公平對待，歸去來兮的念頭特別深，我的理想值是希望 8 年後能完美轉身走出這片山林，或許我撐不過八年，厭倦了山居的生存遊戲，寧願回到都市叢林奮戰……在雨中我朝她走去，穿越自己，是的，穩住，生存遊戲還再繼續進行中，可不能失控了我。

1224 星期日 冷

冷冽的考驗

這個週末感受到今年真正的寒冷，上週已經悄悄地將電熱毯舖上，又到了對我最嚴竣的氣候，可預期接下來花將大量產出，而我又將開始天天在天地間這個大冷藏室裡工作，接受冷冽的考驗。

1229 星期五 晴

謝幕

花一年慢過一年，依稀記得 12 年前能從十月開始收花，近三年來已經延至十二月，去年的十二月已經月底花尚且不多，今年眼見已經倒數兩天，仍有一搭沒一搭花開，我也漸漸看清楚氣候暖化無形中在改變花的產值，給自己再八年的時間，花或許能跟我一起謝幕。

明天將迎接今年最後一個連假，明年則取消了「刻意連假」，我覺得滿好的，想自己連就自己連，可以減少連假的一窩蜂，到處打結。

1231 星期日 晴

最安靜的營區

今年的跨年特別溫暖,很舒服,幾乎要忘了冬天的感覺。

這個連假露營區很安靜,一組客人說:「這是他露過最安靜的營區,前所未有,太不可思議了!」另一組則是被我聽到:「太安靜了,安靜到如果有風吹草動會被嚇到。」其實還是滿熱鬧的,只是營位不多,就顯得安靜吧!

兄嫂第三年來與我跨年,小美同學也好久不見,我們倆有志一同,早早上床睡覺,12點時,我們同時醒來,被跨年煙火以及 Line 的叮咚聲給驚醒,互相說的第一句不是「新年快樂」而是「嚇了一跳」!

告別2023,謝謝過去的支持,來年還請繼續給予鼓勵。

花園大記事

2012/2/20 承接花園

2013/03 簽約訂下「花舞山嵐」基地

2013/12 土地完成過戶

2014/04 第一次申請水土保持

2015/05 歷經一年申請，數次退件，終於申請通過，開始施作
水保工程

2015/07 花園開始遷徙，歷時十個月

2015/08 完成第一階段整地，歷時 101 天

2015/09 搬進新園區，第一年在新園區理花

2015/12 工作室建蓋完成

2016/04 舊園區退租，全數撤離

2016/05 整地驗收完成

2016/08 第二次申請水土保持

2017/11 完成第二階段水保工程，同月獨立接手花園

2018/02 園區路面舖設

2019/03 完成全面積造林

2019/07 將園區整理至可對外開放程度，歷時半年

2019/08 對外開放

2020/07 首辦戶外音樂會

2020/10 阿管處以優良店家之名給予步道建設

2021/01 園區水管被斷，同月開挖水源並申請水權

2021/07 尋回失落三分地，同年 11 月鏟除檳榔林，次年 3 月繼
續植栽造林

2022/02 滿十年

2022/04 為友人栽種一片櫻花林

2023/10 設立花舞山嵐故事館

跋

咱按呢想像，阿蓮娜 12 年矣，猶是
守佇這遍山林，到底是啥款的心境，啥
款的「心理質素」佇咧，或者是「硬頸」吧，
彼款客家人的特質：「硬頸那像相思樹」。
阿蓮娜媽媽是客家妹，硬頸孤單一人晟
養 4 個囝仔，攏人人有成就。

201

阿蓮娜日誌 —— 深情美學

胡 民祥

　　今年正月轉去祖國台灣，滯佇府城東門學苑，有幸再相逢黃南海佮王淑汝兩仙音樂家。怹拄唯嘉義山林仙境轉來府城，食好鬥相報；佇 2 月 23，怹專程開車掣阮探訪這座仙境。

　　仙境就宓佇嘉義公田村，佇嘉義縣道 130，離 18 號公路 4 公里的地段，一座有大紅門的「花舞山嵐」農莊，詩意厚厚的一大遍山林。莊主阿蓮娜誠好客，熱情招待，有過年甜粿；彼是阮這逝回鄉想欲食的童年美食，彼款阮媽媽在生時親手作、煎的甜粿，落嘴感覺足溫暖。阮食美食時陣也，阿蓮娜紹介「花舞山嵐」開拓影片；彼款艱難裡，又是情傷之下，她勇敢孤單一人也，堅韌開山坪、栽花、造林的魄力，在在打動阮心肝。

　　看過影片矣，阿蓮娜隨送阮 4 本著作，攏是山莊開拓的記述；她講也，攏只有自序。這擺也，邀請阮替她《山居生活 3》寫序；一再邀請，誠意十足，阮就答應矣。講定佇 3 月底交稿，唔捌著愛遮呢緊寫序的經驗。佇 2 月 29，收著排版稿，就謹慎來讀這本日誌；沿路讀沿路筆記，3 月 24 筆記完成，因佇這本日誌的附錄。

　　這篇序也，就以「文本觀」方式寫，所致，先小談文本觀。

伫 1967 年，盧蘭巴套 (Roland Barthes) 發表：*The Death of the Author*，意思是講也，作品 (Work) 一發表，作者 (Author) 消失去矣，主要是主張讀者 (Reader) 對作品有詮釋權。伫 1971 年，盧蘭巴套再寫一篇：*From Work to Text*，紹介「文本 (Text)」觀。簡單講，「文本」是「讀者」解讀「作品」，所得著的「內涵」，參「作者」可能有精差。誠實也，有濟濟讀者作伙來審美，一堆死死的文字也，就會唯作品裡活跳起來，產生多樣多彩的文本內涵。

伫附錄內底，每篇日誌裡，計錄五款：1. 日誌數碼，2. 篇名，3. 文本類型，4. 文本科目，5. 文本內涵。根據附錄整理出「圖表一」，它有三個欄位：文本類型、每類型的日誌「篇數」佮「數碼」。根據圖表一也，來分析日誌所呈現的美學結構。

圖表一 文本類型、日誌篇數、數碼

文本類型	日誌篇數	日誌數碼
1. 情	31	0121, 0205, 0206, 0211, 0213, 0214, 0218, 0309, 0312, 0322, 0323, 0327, 0328, 0330, 0331, 0401, 0403, 0405, 0407, 0409, 0422, 0522, 0602, 0614, 0722, 0824, 0830, 0903, 1102, 1116, 1205
2. 造林	24	0106, 0120, 0126, 0227, 0301, 0316, 0410, 0411, 0419, 0420, 0426, 0501, 0502, 0503, 0518, 0828, 0829, 0909, 1010, 1011, 1013, 1029, 1108, 1201
3. 人物	21	0107, 0122, 0131, 0224, 0408, 0415, 0416, 0417, 0524, 0713, 0818, 0904, 1012, 1020, 1028, 1103, 1118, 1122, 1217, 1219, 1221
4. 心境	19	0105, 0329, 0418, 0520, 0521, 0621, 0622, 0625, 0729, 0730, 0814, 0825, 0826, 0910, 1023, 1024, 1105, 1119, 1123

5. 經營	18	0124, 0528, 0616, 0619, 0623, 0705, 0707, 0708, 0712, 0720, 0723, 0812, 0907, 1007, 1025, 1129, 1202, 1213
6. 旅遊	16	0108, 0220, 0506, 0508, 0509, 0510, 0511, 0512, 0513, 0526, 0605, 0612, 0711, 0921, 1014, 1106
7. 花園	16	0113, 0116, 0127, 0128, 0129, 0212, 0228, 0429, 0505, 0523, 0930, 1009, 1114, 1216, 1224, 1229
8. 工人	9	0529, 0702, 0929, 1004, 1008, 1111, 1124, 1125, 1130
9. 故事館	8	0905, 0928, 1003, 1031, 1112, 1126, 1204, 1215
10. 露營	8	0102, 0125, 0319, 0425, 0606, 0624, 1214, 1231
11. 山林	8	0215, 0225, 0307, 0519, 0601, 0609, 0627, 0714
12. 天氣	7	0325, 0603, 0626, 0804, 0806, 0821, 0911
13. 農莊	6	0101, 0112, 0514, 0517, 0615, 1115
14. 哲理	6	0219, 0302, 0315, 0412, 0715, 1107
15. 台中厝	5	0414, 0724, 0725, 0727, 0728
16. 水塔	5	0115, 0130, 0207, 0304, 0324
17. 旅客	4	0226, 0701, 1117, 1209
18. 出書	2	0428, 0515
19. 樹葬	1	0111
20. 退休	1	0308
21. 爸爸	1	0629

　　2023 年有 365 工，這本日誌寫 216 工的篇章，書寫率 59%，差不多每禮拜寫 4 工；無閒咧經營這座農莊，這款書寫率算是足懸矣。日誌充分呈現阿蓮娜「山居生活」種種面貌佮內涵。佇 216 篇日誌裡，大約有近 60 篇是寫農莊外口的生活，親像外出台東、回台中、出國旅遊、訪友、演講等等。另外 4 分之 3 日子也，佇農莊裡渡過；就是整花園、造林、發落農莊營業、招呼人客等等。

這 216 篇日誌總共有 21 款文本類型，「情」類上濟，有 31 篇，佔 14%；等於每 7 篇裡，就有 1 篇咧寫「情」，這也，嘛是號稱「阿蓮娜日誌——深情美學」的一大原因。事實上，「情」深入到所有 216 篇章，「情」一字栽佇園坵，彼是支撐她佇農莊拍拚的大柱。第 2 名是「造林」類型，有 24 篇，就園區的生活來講，阿蓮娜的最愛可講是「造林」；事實上也，她一再描述：「不成林、不落山」。第 3 名是「人物」類型，佔 21 篇，內底有好人嘛有歹人；內底好人歹人互相交纏情境也，時到咱會好好仔來探視。第 4 名是「心境」類型，每日收工矣，暝深人靜時陣，阿蓮娜有時會寫著「心境」篇章，有 19 篇。她到底咧述說啥款心境，好酒沈甕底；請等咧，莫急，時到咱會來湮嘴、品鼻酒芳。

　　農莊欲運行也，當然需要「經營」類型的工課，那像經營家庭生活裡的油米茶塩醬醋等等，佔 18 篇。外出「旅遊」類有 16 篇，若是「花園」類型也，參「旅遊」共款，嘛是 16 篇；比起「造林」24 篇也，恁攏是 3 比 2，為啥「花園」篇數相對「造林」有卡少，敢有合理？等咧下面會來拆分明。紲咧的 14 款類型攏是個位數，唯「工人」9 篇到「爸爸」1 篇，各有恁的層面內涵。所有篇章攏值得咱人人去斟酌品鼻一下也，恁若是有閒也，可以踏腳到「花舞山嵐」農莊，向阿蓮娜買一杯咖啡，坐落來湮咧湮咧欣賞，若是有疑問，嘛可以當面請教本尊。

　　到底阿蓮娜的 31 篇「情」是咧寫啥也？

佇 2012 年，阿蓮娜佮她的牽手來到「花舞山嵐」農莊，拍拼開拓這遍山林。每工拍拼甲一身人忝忝忝，夜暗倒落眠床，好比鴛鴦交頸，一工疲勞「瞬間」全數消失去矣。情甘蜜甜 5 年緊緊就過往矣，奈煞山莊罩烏雲，伊煞去牽著別人的手矣，踏腳行出農莊無回頭。佇 31 篇「情」類型裡，有「情傷」科目 6 篇，分別是：0205〈癒合組織〉；0206〈蓮花池〉；0403〈假期〉；0614〈購物／兒童餐〉；1116〈收拾過去〉；1205〈我需要一個道歉〉。中央 4 篇攏是輕描淡寫，點著矣，就緊跳開；頭篇象徵強烈，尾篇筆尖那槍籽。請看頭篇 0205〈癒合組織〉的文本內涵如下：

　　一月尾二月初，愛情相拄搪；樹身創傷，癒合組織密密保護；情傷會堅疕，拼命工作加上友伴撫慰，時空久矣，埋落心靈深處。

　　紲咧來看尾篇 1205〈我需要一個道歉〉的文本內涵如下：
　　回台中厝半暝眠夢，閣港翁挈恁一家人來，阮相對無言語，瞬間我喝：「你欠我一個道歉」，煞咧大哭，鬱卒心情有寡敨放，斷緣拄好 6 年矣。

　　建議恁家己深入解讀這 2 篇，揣恁家己的文本內涵，絕對會帶互恁深情震撼。

　　雖罔情傷有「堅疕」，卻是有時嘛會悶悶仔疼，按怎化解？阿蓮娜有撇步，她那蜘蛛吐出種種「情絲」也，牽粘到四面八方；所緻也，她多情勇敢一身人安然經營山林，親像母女深情，請看 0309〈病危〉佮 0322〈圓滿〉二篇的文本內涵如下：

加護病房看媽媽，輕聲說：安心隨佛祖去，抑是參阮轉來厝；主治醫面告：病危矣，恁著作選擇，阮選轉入普通病房。

媽媽的佛事圓滿，兄弟姐妹家族合齊送媽媽回天家；跪咧告別媽媽大体，為媽媽結一蕊虎頭蘭，這生榮耀攏歸無盡的母愛。

嘛有 0213〈國中同學〉呈現「同窗情」，請看下面的文本內涵：

情人節前一工，落山去見國中同窗，40 年同窗情矣；年年互相送紅包祝福，遊街 迌，美滿人生。

人狗之愛，寫著「小花」6 篇，親像 1102〈小花〉的「情深小花狗」文本內涵如下：

小花蓮姐兩相愛，情深心內話綿爛出泉來：「姐愛小花，小花愛姐，咱相伴多年；阮歹勢照顧小花無周到，感恩阿姊深情照護到底。」

阿蓮娜又展示一款生態共生的情素，親像 0903〈森林〉的「人林相愛」的文本內涵如下：

當初造單一林相，紲咧年年補栽，今也，一遍混合森林矣；雨後行踏林間，空氣涼爽，幼栽成就參天大樹；情傷去廟抽籤，問情歸佗位，籤回：森林；啥是愛？誠實有一款「人林兩相愛」，成就這遍有情「天人合一」的林間仙境。

窮實也，阿蓮娜「深情」嘛淡到其他文本類型，親像「工人」類型就有她的情絲，請看1125〈婚禮〉的文本內涵如下：

　　阮農莊男工結婚，雕西裝險認未出來，送新娘一條被鍊，親身掛落她領頸，好比咧嫁家己查某囝；牧師證婚，印尼店打包家鄉味，莊園新婚夜，隔早新娘離開農莊，轉去她拍工所在。

　　阿蓮娜「深情」嘛出現佇「人物」類型，請看0131〈愛情〉的「周老師、愛情」文本內涵如下：

　　資深讀者老歲人80矣，讀過阮3本書，講是欠一味「愛情」；阮深深同感，卻是山莊也，愛情佇佗位咧？愛情敢唔是款樣多變？情可有N次方之濟！

　　情誠實可有N次方，您攏無形咧支持阿蓮娜「造林」，繼咧咱就來掠一寡「造林」的文本內涵。二次大戰後，台灣農村復興就靠一項「美援」，請看0227〈最愛是樹〉的「花援」文本內涵如下：

　　花美麗又趁錢，助阮農莊運作；卻是上愛猶是種樹，年年試驗啥款樹木適合，佇遮生長大欉。

　　再選一篇0420〈談戀愛〉的「求雨水」，咱就知影阿蓮娜苦心造林的心思情緒，請看文本內涵如下：

　　樹栽種落矣，參雨神談天說愛，難掠著祂心情，唔知敢會來，抑是未來咧，啊，來矣。

造林是一場艱難大工程，過程雖然苦苦澀澀也，嘛有甘甘甜甜咧支撐阿蓮娜奮戰無退；咱來看這篇0503〈蒼蠅的季節〉的「櫻花」文本內涵如下：

春天來，參胡蠅狗蟻眾蟲大戰共生，全是為著献身造林、種樹修剪樹木；舊年種99欉櫻花，今也，已經成林矣，爽也！

熱天食一碗愛玉冰爽甲心涼脾透開，阿蓮娜「造林」有這篇0426〈愛玉苗〉文本，內涵如下：

賓士休旅車三人行，嘉義台東來回16點鐘，浪漫載60欉愛玉栽回山莊；1881年公田劉闊開發愛玉籽山產，今2023年公田栽種落愛玉栽，百年傳承美事一層。

劉闊雲林古坑客家人出身，1873年入山來到公田，開發山產；劉闊以「鄒族語」參原住民作生理，親像採購「愛玉籽」銷到嘉義市。佇1893年，劉闊治好鄒族社民惡性「天花珠」，大清國派伊担任「阿里山理番」通事，紲咧日本官方派伊担任「公田甲長」。佇1927年，劉闊領導公田村民也，抗議日本「松田石灰社」霸佔村民竹林，1931年担任番路庄庄長。劉闊留落來這遍美麗山林，阿蓮娜2012年來到，選這落山林的一角落，造就一座花舞山嵐仙境，開放眾人來欣賞。阿蓮娜傳承著劉闊無限鬥志佮開闊心胸；恁兩仙前後光照公田天地，感天動地震撼人心。

篇幅有限，其他20篇「造林」文本咱就跳過，換看21篇「人物」文本；內底人物款樣各有千秋，有好人嘛有歹人，讀甲一

身人誠憤慨，特別對公田村的一寡惡霸人物無法度認同。請看 1118〈生存遊戲〉，這款「公田惡霸」的文本內涵如下：

　　公田村民佫巫良田村長也，長年集体欺侮蓮姐，搶水，騙採檳榔青，破壞招牌，亂挖大門地，破壞馬達電線；百年前公田甲長劉闊若知也，定著墓裡氣甲翻身。

　　巫良田敢有想著劉闊先賢愛村民典範？巫村長官相彼款模樣也，敢是西西里島黑手黨人投錯胎咧？事實上，阿蓮娜 21 篇「人物」裡，有 9 篇點著「公田惡霸」，差不多欲佔一半的篇章。佳哉也，雖罔公田惡霸鱸鰻不時折磨，她並無失志，卻是愈磨愈勇。當然世間嘛有好人，阿蓮娜拄著濟濟好人，您的疼惜、支持、援助，得以合齊戰勝倥促的惡勢力。請看 0122〈大年初一〉的「山大兄」，它的文本內涵如下：

　　山內大兄助我開拓山莊濟濟，今年伊親族 2、30 人也，正月初一來山莊聚餐，順勢佇陳家鄉親面前，述說陳大兄助我挖出水源的美事。

　　有幸也，山林有阿蓮娜，她有一粒可貴的靈魂，深情愛花草、愛山林、愛人、愛狗、愛飛鳥……。愛心該當然有回報，親像這篇 0713〈演講〉的「周老師贊助」文本，它的內涵如下：

　　周老師促成嘉義扶輪社演講，得著大大呵咾，周老師叫我回捐講師費；周老師私底下送大紅包，互我面子實益兼有，感恩她的肯定，會再拼命。

跋

　　阿蓮娜筆下的「人物」類型嘛有好人歹人之外的中性人物，就是一款「沙豬」，就是公稱的「男性沙文主義」者；首先是0524〈沙豬〉的「沙豬」文本，它的內涵如下：

　　男生輕視女生，認定恬未曉操作鍊鋸；拒絕向蓮姐紹介鍊鋸用法，21 世紀矣，沙猪誠實猶有咧。

　　半年後她參鍊鋸再相會，就是這篇1122〈鍊鋸〉的「唔是沙豬」文本，它有下面的內涵：

　　阿蓮姐去修割草機時陣，相著架頂一組鍊鋸；男店主組合好勢，賣互她，兼說明用法，伊唔是男沙豬。

　　阿蓮娜參鍊鋸戀愛久長矣，過往攏是用手鋸，誠出力，效率嘛足低，咱就唔知她等候遐呢久長的緣故，有可能價數貴。可是鍊鋸是神器也，工人上歡喜，請看「工人」文本類型裡的1124〈不便宜〉的「鍊鋸讚」文本，它的內涵如下：

　　大樹倒水源邊，取水更加困難，厝邊隨意取水，佔阮便宜，大偏阮；鍊鋸功力贏過手鋸、小電鋸、柴刀，誠實是事半功倍，工人歡喜用鍊鋸清除倒樹矣。

　　再看一篇有關鍊鋸的「工人」類型篇章，就是1130〈山林學堂〉的「鍊鋸讚」文本，它的內涵如下：

　　當年開十萬箍也，請村民剉一甲外的檳榔林，有鍊鋸矣，阮工人輕鬆佇一禮拜內也，剉完一分地的檳榔林，山林學堂學費誠貴也。

早若用鍊鋸家己來剉一甲外檳榔林，就可以省 5 萬箍，難怪阿蓮娜喝山林學堂足貴也。阮茉里鄉人專職是工程師，下班定定有作未了的埕園工課，修剪樹椏，清除倒落來的樹欉，攏是家己來，就是人人知影的 DIY(自助)。美國工資足貴，剉一欉樹可以是 3、400 美金到 1000 外，看樹偌大欉。處理樹木，阮嘛經過阿蓮娜的過程，由手鋸、小電鋸進展到鍊鋸 (Chain Saw)；有食油的，嘛有食交流電的，一支 20 英寸長的鍊鋸約美金 100；有一支在手也，可省足濟剉樹的費用。

　　檳榔是栽來採收檳榔菁仔，若是剉掉可以採收檳榔心，就是有名的「半天筍」山產。阿蓮娜 11 月 22 買著鍊鋸，11 月 30 馬上用來剉一分地的檳榔林；12 月初 2 就有「半天筍牛雜湯」出現佇婚禮的菜單，12 月 14 有香港客來露營，半天筍嘛變作香港客一生初次的美食。茉里鄉人按呢想也，公田村民剉一甲檳榔林，除了趁十萬箍，敢有採收不計其數的半天筍？額外又大趁一筆？

　　阿蓮娜的「心境」文本類型有 19 篇，大多數攏是正面的，嘛是支撐她長期佇農莊拼鬥的動力。親像這篇 0105〈開心〉寫活「爽」文本，它的內涵如下：

　　男生把妹，呵咾她會曉保養，聽來好開心，台語講：誠爽；主持尾牙，賓主盡歡，美麗的夜晚，爽。

繼咧，來抽看這篇 0418〈吃飯的樂趣〉的「身孤心靜」文本，它的內涵如下：

佇台中都會，孤單感罩身來；獨身在四甲山林，無半點孤單感；她煮、伊陪、阮作客，三人食，欠一味樂暢；孤單是身体，安靜是心靈；身孤心擾人不安，身孤心靜人安祥。

繼咧看這篇 1123〈孤獨〉的「身孤心安」文本，它的內涵如下：

5、6 年前孤單感罩身來，吞食我心靈。今也，作工、歇睏、相山林、看電影、寫作，哈！孤單身体卻有安靜心靈，「孤鳥插人群」到「孤鳥安人群」，憑看心境。

咱按呢想像，阿蓮娜 12 年矣，猶是守佇這遍山林，到底是啥款的心境，啥款的「心理質素」佇咧，或者是「硬頸」吧，彼款客家人的特質：「硬頸那像相思樹」。阿蓮娜媽媽是客家妹，硬頸孤單一人晟養 4 個囡仔，攏人人有成就。誠實咧，請看 0729〈撐住〉的「相思樹」文本，它有下面的內涵：

縣道 130 路肩彼欉相思樹足粗勇，相拄搪，阮會相借問：「欉互栽，共創這遍天」；啥人借口防颱，將阮剉掉矣；親像茉里鄉人的小說〈相思蟬〉主角有硬頸，咱繼續拼。

繼咧咱來看阿蓮娜的秋天「心境」，就是 0910〈秋天〉的「栗子之秋」文本，它有下面的內涵：

栗子象徵秋來矣，買一盒鼎裡蒸好，栗子粘殼，煞剝甲桌頂粹屑一大堆，好比秋風掃落葉；回想阮茉里鄉埕斗

之秋，落葉飄舞那急甫詩姑娘，大跳西班牙舞，這時行過山谷，山坪一幅印象派秋景。

頂面內涵後半段的秋天景緻，來自茉里鄉人的《茉里鄉紀事》這本日誌式的散文集。

阿蓮娜的正面心境也，窮實是有她的哲理佇咧；事實上，「哲理」文本類型總共 6 篇，攏是一款共生的生態觀，天人一体的哲學觀。親像這篇 0715〈7 個寶寶〉的「雞狗人共生」文本，它的內涵如下：

扶輪社社友送來 6 隻雞仔团，加上一隻放生園內的小狗仔，查某人母親命，親像哪吒腳踏風火輪也，一路拼命照顧眾生。

再看一篇「哲理」，就是 0219〈11 年〉的「心理質素」的文本，它的內涵如下：

山頂徛居 11 年，是勇敢，佫是心柔身韌，嘛是魂魄堅持自在，才有 11 冬参眾人也，作伙行踏過來。

欣賞阿蓮娜日誌，該當然著愛讀她有關「經營」這款文本類型，總共有 18 篇。經營就是保持有收入的一寡必要工課。請看這篇 0619〈省小錢花大錢〉的「環保省錢」文本也，有以下的內涵：

抾有用的物件轉來農莊，等於省寡小錢，累積起來就是一筆大錢，可用來採購需要的物件也。

跋

　　紲唰這篇 0907〈電費〉是有關「電痴省電」文本，它的內涵如下：

　　電器 24 小時無關，每期電費 2 萬外；今也，電用煞就關，離峰時段電俗才開；美哉，電費 2 萬降到 4 千，電痴知影省電秘訣矣。

　　因爲是電痴，煞浪費一年近欲 10 萬的經費，若是用來買 4 寸懸櫻花栽，大約可買 500 欉矣，這篇是小企業經營者的好教例。紲唰來看 0712〈人生中的不可思議〉的「音樂會」的文本，它有下面的內涵：

　　42 歲剉檳榔林，種花造林，音痴 50 歲辦花舞山嵐音樂會，音樂人佮眾姐妹攏免費情義相挺，音樂震撼山林萬物，得著山神護持。

　　這款音樂會有以「文創」來拍開知名度的意思，應該是經營的另類手段。

　　離開農莊出外去旅遊，才未變作山頂怪人，有關旅遊有 16 篇。咱來看她出國旅遊的篇章，親像這篇 0508〈阿凡達世界〉是「機場園林」文本，有以下的文本內涵：

　　新加坡「城邦」足厲害，善用科技將樹林生佇天頂雲霧裡，呈現阿凡達電影裡彼款幻影美景。

　　唔拘「機場園林」應該猶輸阿蓮娜的花舞山嵐美景吧？目睭調向北方，看這篇 0612〈越後湯澤／輕井澤旅遊〉的「心情爽」文本，它的內涵如下：

215

山林魂抾著都會魄,來蛏街採購誠爽快也:溫泉和室房,一暫包養那豬咧飼,一身肥肉泡湯,恰意爽也;舊地再遊,勾起記持的柔情景觀,心涼脾透開。

南方咱台灣的暫邊菲律賓,嘛是旅遊好所在,阿蓮娜有走一逝。請看這篇0921〈宿霧之旅〉的「多情之旅」文本,它的內涵有夠澎湃如下:

菲律賓宿霧遊7工,為留學探路草,準備2032年62歲退休,遊走世界;海垵買螺殼园手掌,情傷脫殼隨風飄散矣,買著快樂;比基尼姑娘對比包甲那粽的本尊,著改善揣回青春;一路參計程車跳錶到剾價鬥智,第三世界文化之旅也。

內底有暗坎三種消息:1.2032年她62歲時,欲退休,2.情傷唯螺殼嘴口飄散去矣,3.欲揣轉來比基尼姑娘彼款的青春。阿蓮娜造林工程完工之時也,情傷不再,青春再轉來,就退休矣;咱就祝福阿蓮娜,飄翩浪漫遊世界。

旅遊類型文本講煞矣,當然就轉去山頂花園作工也;誠實有「花園」這款文本類型,有16篇,只有「造林」24的3分之2,敢有合理?2012年入園來,大概花園工佔多數,就是講初初是「以花養樹」;來到2023年,11年過去矣,花園事業已經上軌道矣,所需要的時間就減少去矣。看著「以花養樹」策略,對農家子弟出身的人來看,感受極深;台灣佇戰後政府「以農養工」,台灣作穡人一世代的犧牲,造就今仔日的台灣科技島,成就護國神山群。

佇「花園」類型裡，先看這篇 1009〈軡瓣蘭花開〉的「花吾情」文本，它有下面的內涵：

十二年奮鬥甲忘我，親像李登輝哲學：「我是唔是我的我。」軡瓣蘭 300 支蕊蕊齊開，人花對相品鼻，一時浮出「真我」的「瞬間」幻變影相意識。

花園帶來美恰爽，請看這篇 1216〈意想不到〉的「盡展美姿」文本，它有下面的內涵：

花園裡，枇杷、木瓜、南天竹、翠柏、茶花，恁園裡盡情施展，各有成果多姿又多彩，人客誠呵咾恁，嘛褒我敖種花種樹。

世間事無十全十美，花園嘛是有不堪的狀況，請看 1229〈謝幕〉的「花期變晏」文本，內涵如下：

地球變燒烙，虎頭蘭採花期年年變晏，12 年前 10 月開始採，近 3 年拖到 12 月矣，或者再 8 年，花就參我謝幕矣。

目睭利的恁，敢有掠著「退休」的心思佇咧？阿蓮娜敢誠實會退休？人講退休是由「都會」退隱「山林」，她是顛倒摒：由山林回歸都會。請看「退休」文本類型，唯一孤篇 0308〈啟動退場機制〉的「蘭人共進退」文本，它有下面的內涵：

蘭仙引阮來山林，到四甲檳榔園，再造林回歸山林本色；今也，檸檬黃虎頭蘭多病矣，阮若欲退休，著開始安排蘭仙的退場機制。

這篇「樹葬」嘛是孤篇，就是 0111〈化作春泥更護樹〉的「送虎頭蘭觀禮」的文本，它的內涵如下：

　　早起參加樹葬，骨灰倒落土孔，人人囥一支虎頭蘭，春來攏化作土糜護樹，儀式足貼咱心肝；下晡指導教授來鋪水管，食暗兼破豆，師生樂也。

　　咱講阿蓮娜日誌有 31 篇寫情，其實這篇嘛是暗榫深情，日誌處處有情，誠實是深情美學。

　　紲咧看「爸爸」文本類型，嘛是孤篇〈來自宇宙的訊息〉的「宇宙迴聲」文本，它有下面的內涵：

　　台中人客來啉咖啡，洗食愛玉冰，4 點離開，20 分後落大雨矣，怹敨揀時；人客講一句；「恁老爸定著驕傲有妳這款查某囝！」52 歲矣，爸爸唯宇宙傳來呵咾的話語，誠安慰。

　　阿蓮娜筆尖下有「山林」這款特殊的文本類型，篇篇攏值得捧一杯咖啡，穩穩仔神遊字裡行間，咱就掠這篇 0225〈雲海〉的「仙境」文本，它有下面這款內涵：

　　雲海再湧，上下飄舞，露營地人人趕來看仙境，人湧拼雲湧，山莊奇景也。

　　有關「山林」類型，再選一篇 0714〈最美的風景〉的「上美地段」文本，它有下面的文本內涵：

　　一大遍檳榔林，剉了重見山頭谷地之美，造花園，濟濟款樹木種落去，新林相成就嘉義 130 縣道上水的路段。

花舞山嵐農莊誠實美麗壯觀，這是阿蓮娜 12 年拍拼出來的仙境之地。

紲咧也，就來掠阮讀這本日誌，心靈地動的點點滴滴，參恁分享，嘛請指教。

花舞山嵐農莊落佇嘉義公田村的一段落，參阮北美茉里鄉徛家厝也，可講是有緣份。

佇 1977 年，阮踏腳到賓州西部大匹茲堡都會地區，相準東片 30 公里的郊區，有一個叫作茉里鄉的所在。佇茉里鄉西北片，二條山崙南北走向，夾一遍山坪谷地，有一條「熊洞溪仔」順著山谷向南流，地段號稱 Heather Highland（石楠高地）；建商佇遮開發新社區，阮選一塊山坪地，厝起好搬入來。原本山林變作空空的厝地，山坪水土保持是大工程，前埕的山坪阮種落一款叫作 Blue Rug Juniper(藍毯杜松)，總共有欲 200 欉。當初是遠至隔壁縣的樹栽園採購，每欉一椏約 6、8 英寸長，一欉美金 75 仙。前埕山坪原先種草，草足歹割；杜松貼地生湠，後來坎滿山坪矣，誠實美麗也。佇 2 月 23，阮踏腳到花舞山嵐農莊也，看著杜松生滿地、嘛出現佇陶盆裡，誠歡喜有一份親切歸屬感。

冬天樹木花草攏焦蔫去，鹿隻相準長青杜松葉作美食；有一年感恩節鹿隻又來孝菇杜松矣，阮喝聲趕愬，查某囝璦琳講：「爹地，感恩節喔，天所賜，鹿嘛有份也。」窮實阿蓮娜嘛有共款的腹腸，請看 0412〈鳥兒盛會〉的「人樹鳥共生」文本，它有下面的內涵：

桃青舊年蟲害，今年鳥啄，嘛食櫻花果，恁食好鬥相
報；天天聽恁鳥群合奏交響樂，票價是滿園櫻花果；佳哉
也，蟲鳥攏無佮意梅果。

阮茉里鄉人踏腳到去過楠西梅嶺，有食著甜甜甘甘的脆
梅，唔知阿蓮娜有用鳥隻留互她的梅果也，製脆梅無？

窮實也，佇茉里鄉阮倚家厝埕斗，阮嘛種花草樹木，有
杜松、日本仙女花樹、竹、木蘭、楓、水松、紫丁香、澀梨、
杜鵑、牡丹、水仙、金針花、鐵線蓮、鳶尾花、忍冬香……
等等。其中藍毯杜松參阮無緣，鹿隻年年來孝菇，就消失去
矣；佳哉，阮改種綠毯 Pachysandra，共款貼地生湠佇前埕
山坪矣。佇 1978 年，佇後埕種落楓樹栽，當時只有一尺懸，
40 年後已經抽懸上天去矣，有 15 米懸，樹身雙手抱未著之
粗。阿蓮娜農莊山坪地勢佮插天樹林，面對一座大湖尖山脈，
參花舞山嵐縣道 130 這片 山脈，二座山脈所夾著的山谷，一
落去恐驚欲 5、6 百米之深。山莊誠實有夠壯觀，當水汽聚集
山谷，天氣溫度拄拄好，佇遮也，雲海伊都飄浮「山嵐」景緻，
造就仙境。

阮茉里鄉倚家厝也，嘛是面對山谷，只是山谷無偌深，
罕得看著水汽飄佇山谷；雖罔氣勢是「小巫見大巫」，當阮踏
腳到花舞山嵐農莊也，是有地理共款的親切感。阮茉里鄉倚
家厝埕有 3 分地，花舞山嵐農莊有 4 甲；佇 10 年裡，阿蓮
娜花園佮造林攏成功矣。若是阮後埕山坪也，40 年來一直參
野草對抗，猶未成花園。佇這款地理類似的比較裡，阮就特

別呵咾阿蓮娜的魄力佮成就。阮有好厝邊，齊姆士就定定來幫助割草；阿蓮娜有惡厝邊，卻是無一點點仔驚惶，照常往目標前進，欲一直到「山林」造就成功。

阿蓮娜一個查某人面對公田鱸鰻惡霸，無法度硬拄硬；看是外表柔弱，卻是內裡足堅韌，她敨順勢而動，親像招山大兄箍人來助勢理論。她若是一時無外力來援助，就忍啦，親像互眾村民斷水源，就佇家己農莊裡挖出水源。誠實是自助紲咧有人相助，嘛傳說有人拜託廟寺師父求神明護持，新水源就出現矣。佇大公田地區，1682 年就有半天岩紫雲寺供奉觀世音菩薩，公田先賢劉闊佇 1920 年就重修這座毀壞的紫雲寺，香火得以傳湠到今 21 世紀 20 年代，凡勢劉闊的功德有致蔭著阿蓮娜的農莊。

多年前阮有踏腳到大公田地段，佇番路鄉農會買柿粿名產，順紲上半天岩去看阮牽手外祖劉闊重建的紫雲寺，當年劉闊等等捐獻者佮款額的石碑猶栽佇廟埕。凡勢嘛是佛法賜緣，掣阮來到花舞山嵐農莊，得以參阿蓮娜相見結緣。

劉闊 1873 年來到公田地段，彼時只有 2 戶人家，加劉闊一家，總共 3 戶爾爾，村民無到 10 人。150 年後的 2023 年，公田成長到 480 戶 1022 人，當然嘛猶是人丁稀微的山林。百外年前劉闊做過公田甲長，伊佇觸口起造過二座吊橋「天長」佮「地久」，嘛開拓觸口至公田的山路，一生獻身公義造福村民；今也，公田是有巫良田村長，專門是彼款「馬非亞」行為咧凌治善良人，誠實是強烈的好歹對比。不而過，巫良田絕

對是踢著鐵枋矣，阿蓮娜拍死無退，猶咧拍拼造就這遍美麗山林；劉闊若神遊回到今生公田村，必然會大大呵咾阿蓮娜，造就出這塊「花舞山嵐」山林仙境。

　　大時代進步矣，物理學的時空迴轉宇宙時光機發動矣，掔阮踏入這座「花舞山嵐」農莊，造就這段阿蓮娜日誌的文學緣份。阮得以茉里鄉種花草樹木的經驗，佇日誌的「字裡行間」，摸挈窺探莊主的奇妙旅程。她佇花園佮山林的日常生活是一層表象，內裡充滿人生哲理、悲傷、歡喜、重生、情傷、堅韌心境，滿滿愛心；這款種種質素合合作伙也，形成一股澎湃的力量，鼓舞阿蓮娜向前行再向前行。

　　阮欣賞阿蓮娜非凡意志佮成就，阮心敬佩，阮深深祝福她。

　　阮感謝阿蓮娜邀請寫序，阮如期完成這篇：有幸之序。

胡民祥

2024.3.30 佇北美茉里鄉徛家厝

附錄　日誌篇名、文本類型、科目、內涵

日誌	篇名	類型	科目	內涵
0121	年夜飯	情	牽媽媽	二九暝年年無共，今年因為新正初一就有遊客，只好留佇山莊，唔拘煞失去回台中佮媽媽過年，心內煞有寡失落。
0205	癒合組織	情	情傷（堅疕）	一月尾二月初，愛情相拄搰；樹身創傷，癒合組織密密保護；情傷會堅疕，拼命工作加上友伴撫慰，時空久矣，埋落心靈深處。
0206	蓮花池	情	情傷（脫離）	濟公慧眼，雙心蓮池是破碎情傷，著改建圓形池；法會二工一暝辦煞，吉兆連連，愛情就佇遐隨緣。
0211	小姐姐們	情	師友情	80歲周老師帶來忠實讀者群，攏是80以上的小姐姐，見莊主唔是粗勇烏銑面，竟然是花舞山嵐仙女。
0213	國中同學	情	同窗情	情人節前一工，落山去見國中同窗，40年同窗情矣；年年互相送紅包祝福，遊街迌迌，美滿人生。
0214	情人節快樂	情	人樹情	情人節天落雨，滋潤樹木，39工前腰身斷折的櫻花樹發新笋矣，二項攏是上讚的情人節禮物，誠實人樹互相是情人。
0218	老朋友	情	友情	當年商場友人大陸妹，一句「有床就好，免啥星級飯店」，帶著台灣前輩友人來訪，三人山頂話仙破豆，商場友人變身老朋友。
0309	病危	情	寄媽媽	加護病房看媽媽，輕聲說：安心隨佛祖去，抑是參阮轉來厝；主治醫面告：病危矣，恁著作選擇，阮選轉入普通病房。

0312	媽媽回家了	情	思媽媽	莊主媽媽82歲轉去，厝無媽媽矣；茉里鄉人留美20年，媽媽行祖厝空岫，數念後生回鄉；兩莊鄉兩款人生，攏誠無奈！
0322	圓滿	情	愛媽媽	媽媽的佛事圓滿，兄弟姐妹家族合齊送媽媽回天家；跪咧告別媽媽大体，爲媽媽結一蕊虎頭蘭，這生榮耀攏歸無盡的母愛。
0323	放下執念	情	想媽媽	燒成灰矣，母親猶是母親，欲帶她山莊一月日，兄弟姐妹反對，心想隨緣莫堅持；恁最後同意，有媽媽相放伴，山林多姿多情又飄芳。
0327	台中家	情	託媽媽	露營同行陳董請客，相談豪爽，順紲回台中厝；媽媽往生矣，煞無家的心情，親情不在，厝不再是厝矣。
0328	小菜一疊	情	媽媽緻蔭	懷念客家妹的媽媽，一生堅忍養飼囝兒；雖罔咱書讀無偌好，總是有學著她的堅韌，才有才調造就一遍花舞山嵐天地，感謝她的致蔭。
0330	討債	情	冤債小花狗	冤有頭債有主，牽放生大門前的小花，抾來飼，誠是一隻來討債的狗；欺侮雞，偷食人客食品，受傷看獸師，養傷歸年透冬。
0331	指導教授	情	師友情	學妹、指導教授佮我也，三人師友情緣深深，教授接受創作代替論文，造就我一直寫作的動力，人生緣起足圓。
0401	心甘情願	情	心悲亦喜	落雨營地變路溝糜，人客臭面腔，咱心內淡淡哀愁，嘛笑笑面對；其實嘛一份樂暢，難得雨水蔭花樹矣，各路朋友晚宴啉酒樂。
0403	假期	情	情傷（緣盡）	假期裡，人客攏是一家人、朋友一挭，咱孤單作工；假期定定是心傷，踏過婚姻路草，煞再孤身一人。

0405	以一當百	情	補情網	清明節媽媽入夢來，歡喜我欲出嫁矣，希望夢成眞。同行的來訪，呵咾一人作百人事；卻是也，好耍的趁無錢，會趁錢的無好耍。
0407	體驗露營	情	孤單情	朋友營區裡，孤單度一暝，無啥驚惶，唔知奈煞人生裡，單獨行過來；轉去台中厝，孤單陰影罩落來，緊去公園走跳。
0409	採梅	情	愛情	夢中查甫人抱紅嬰來互我，五工前夢裡我欲出嫁矣；周老師正月尾講矣，欠一味愛情，敢是也？
0422	我是全家	情	感恩媽媽	媽媽山莊陪我一月日矣，感謝兄弟姐妹成全我；今仔日送她回台中，紲落來，山莊是我一人「全家」矣。
0522	村長	情	心疼小花狗病	被村長欺侮，只有忍辱簽唔知啥物碗糕的同意書，實在有夠不堪；小花狗病甲欲死的款，蔡姐勸阿花緊投胎做人去。
0602	善款	情	愛小花狗	小花狗消費莊主未少錢，人人勸放伊轉去流浪狗的前生吧，心不忍也；小花乾媽竟然滙來台幣一萬助養阿花，好命狗也。第二部花園之歌，述說當年堅韌開山栽花種樹，今也，生活滋潤，開園參衆生共享；「美麗靈魂跳躍在雷鳴深谷裡，山嵐靜美中感受天地互阮堅韌生命」。
0614	購物／兒童餐	情	情傷（記持）	上野景緻依然，勾起當年兩人行踏的過往，啊，猶是封鎖吧，不堪想起也；料未到，東京行採購量爆炸行李箱；老太婆機頂指定兒童餐，空服員足好奇，無收著囡仔玩具，失望？

225

0722	麵包與蛋糕	情	友情	露營人客外出買有名麵包，送我一客，人客情甜；朋友快送古早味雞卵糕，運費貴參參，直欲是雞卵糕費，啊，友情誠甜。
0824	小花與我	情	深情小花狗	小花狗參我共度情人節，友人欣羨小狗前世有功德，得著我善良照顧；倒摒啦，敢是我前世香燒無好，煞欠人作伴；兩身同病相偎靠，敢是菩薩安排?
0830	順其自然	情	心疼小花狗亡	小花荏身皮包骨，未食未啉，獸醫看過矣，診斷書：順其自然，命運裡咱有作伴緣，感恩。
0903	森林	情	人林相愛	當初造單一林相，紲咧年年補栽，今也，一遍混合森林矣；雨後行踏林間，空氣涼爽，幼栽成就參天大樹；情傷去廟抽籤，問情歸佗位，籤回：森林；啥是愛?誠實有一款「人林兩相愛」，成就這遍有情「天人合一」的林間仙境。
1102	小花	情	情深小花狗	小花蓮姐兩相愛，情深心內話綿爛出泉來：「姐愛小花，小花愛姐，咱相伴多年；阮歹勢照顧小花無周到，感恩阿姊深情照護到底。」
1116	收拾過去	情	情傷（迴踅）	故事館開張煞摒出伊，有相片、數單有伊名，無想擲掉，敢是欲藕斷連絲?抑是新人出現時，就將伊全部立可白—全抹掉。
1205	我需要一個道歉	情	情傷（欠道歉）	回台中厝半暝眠夢，閬港翁掣恁一家人來，阮相對無言語，瞬間我喝：「你欠我一個道歉」，煞咧大哭，鬱卒心情有寡敨放，斷緣拄好6年矣。
0106	舞台	造林	徙栽	用徙銀柏經驗，套上櫻花樹，奈煞主根側根盤錯，挖甲半小死，臨時請怪手助力，煞櫻身腰斷，舞台無共也。

0120	贏了生活	造林	剪枝椏	蘭花收成慘慘慘，閒閒就換抱樹木，修剪枝椏，撫慰吾心；輸了花草生理，參樹木對話，贏著的是快樂心靈。
0126	回饋	造林	同窗情	訪客呵咾阮山莊，上有人文氣味，樹欉又美又經典；飯菜好食，帶有山林芬多精氣味，逐項攏足了不起也。
0227	最愛是樹	造林	花援	花美麗又趁錢，助阮農莊運作；卻是上愛猶是種樹，年年試驗啥款樹木適合，佇遮生長大欉。
0301	完美的土球	造林	徙栽	小怪手鬆土，熟欉樹葡萄出土，草索包土球，吊上後車斗；運回山莊，土球由車斗輾入樹坑；熟手生竅，順勢扶正，就栽好矣。
0316	猶豫	造林	專業知識	樹木養護有專業，報告、繳費、上課三步調，一再躊躇，上矣，發現誠實好課程，實務佮理論兼顧，受益濟濟。
0410	樹痴	造林	栽樹	二萬欉虎頭蘭毛我來這遍檳榔林，剷掉重新造林；栽也栽，不時咧栽樹，上萬欉矣，孤單種樹，為啥咧？
0411	買蛋	造林	栽樹	市面缺卵，老闆問：卵傷濟抑傷少？啥？濟減寡，少再揀寡，聽來強欲哭。再寒再熱嘛是上山坪種樹，心想勿種，使命感一直種也。
0419	聖杯	造林	雨沃樹栽	種樹栽矣，沃水抑是等落雨，躊躇不定，主要猶是著靠天落雨來滋潤新栽；雨來矣，天賜我聖杯也，感恩！
0420	談戀愛	造林	求雨水	樹栽種落矣，參雨神談天說愛，難掠著祂心情，唔知敢會來，抑是未來咧，啊，來矣。

0426	愛玉苗	造林	愛玉	賓士休旅車三人行，嘉義台東來回16點鐘，浪漫載60欉愛玉栽回山莊；1881年公田劉闊開發愛玉籽山產，今2023年公田栽種落愛玉栽，百年傳承美事一層。
0501	詐騙集團	造林	買樹栽	修剪民宿樹木，您攢早午二餐，中晝收工趁千五加伴手禮，自謙是詐騙；專業功夫無價也，敢唔是?歡喜去買樹栽，開3萬，樹痴!
0502	柏	造林	補新栽	舊年銀柏徙栽無活，徙栽技術猶差，銀柏嘛身荏；換上黃金扁柏，佮藍柏、藍冰柏、檀香柏並列，期待一坵閃爍柏樹林。
0503	蒼蠅的季節	造林	櫻花	春天來，參胡蠅狗蟻眾蟲大戰共生，全是為著獻身造林、種樹修剪樹木；舊年種99欉櫻花，今也，已經成林矣，爽也!
0518	給大地的厚禮	造林	補新栽	連紲3年矣，每年補種樹木攏超過1000欉，今仔日買980欉，分批運回農莊，目標是每年補種量減少。
0828	昏厥	造林	蜂虴	修剪樹枝被蜂叮著，全身起紅疹起癢，開車去急診，注射過程人煞昏去，佳哉倒佇病床，一睏疹癢消失，偆一支手也，胖甲那米龜；年底無緣放炮慶祝矣。
0829	重返案發現場	造林	兇手胡蜂	兇手是「側異腹胡蜂」，佇1980年代，有茉里鄉人讀者嘛被土蜂叮過，手股脹甲胖胖圓滾滾，割草若拄著土蜂也，緊旋。
0909	黑松	造林	修剪	感覺黑松歹修剪，佇小貓小狗監工之下，手感有進步矣；抱松歸下晡，剪枝成績相當飄翻也。

1010	鋸樹	造林	鋸樹功夫	樹倒著鋸，樹歪嘛鋸，修枝椏鋸，多年來練就快準鋸樹功夫，傳教工人鋸樹技術，誠驕傲呵咾家己。
1011	慧眼識英雄	造林	噴水系統	暗頓桌邊阿姨呵咾，叫我選總統，應好演說：4 年後請賜票；2019 年開十外萬設自動噴水系統，紲咧管斷、修、補；2022 年放棄補，樹栽已經渡過幼年期矣，靠天無礙矣；今年管線挖起來，方便以後整地作業。
1013	烤肉	造林	烘肉又補栽	一揹山友烘肉，共同慶祝生日；一百欉牛樟栽佇砂石地，只活一欉，怪手翻土改種烏柏，有 8 成活落來；紲咧認真怪手翻土補栽，達成「不成林，不落山」的誓言。
1029	請益	造林	分享經驗	十多年造林經驗：1. 雜木林對土地效益小，應該栽有用樹木，2. 殺草劑短期保護樹栽生長，樹木成蔭就免再除草。
1108	同學	造林	文宣鼓勵	新熟悉一位記者，稱呼咱「似蓮同學」，好意寫著一篇「花舞山嵐」傳說，說明阿蓮造林動機，助阮觀光收入，鼓勵再向前行。
1201	舉木歡騰	造林	雨水沃樹	準備櫻花林沃水，早起竟然落大雨，天雨比沃水周到又深入土層，欉欉樹椏舉手歡喜。
0107	無恥之徒	人物	公田鱸鰻	厝邊有鱸鰻，騙挽檳榔菁，切斷水源，阮揣著新水源，佫欲分享水源，破壞農莊指示牌，未見笑的 N 次方人物。
0122	大年初一	人物	山大兄	山內大兄助我開拓山莊濟濟，今年伊親族 2、30 人也，正月初一來山莊聚餐，順勢佇陳家鄉親面前，述說陳大兄助我挖出水源的美事。

0131	愛情	人物	周老師、愛情	資深讀者老歲人 80 矣，讀過阮 3 本書，講是欠一味「愛情」；阮深深同感，卻是山莊也，愛情佇佗位咧？愛情敢唔是款樣多變？可有 N 次方之濟！
0224	全村公敵	人物	公田惡霸	奇女子勇闖番路鄉公田村，開拓山林花園，成功出色煞引來村人欣羨怨妒，連自來水設水錶工事，刻意將她漏掉。
0408	不及格營主	人物	正妹露肚臍	四位正妹拜託搭天篷，揣來工人作伙創，搭甲離離落落，誠見笑也；看怹人人展青春露肚臍，歹勢我一圈肚，認份莫展。
0415	梅子完售	人物	褪腹裼男生	青梅 250 斤緊緊就賣了了，今年免家己製梅酒矣。四對情人來露營，有歲看怹男生褪裸体，足可愛，期待老太婆亦真可愛也。
0416	角色	人物	作檣人	作檣人、生理人、文人集佇一身，採梅哀忝；作檣人愛欉矮好採，文人興欉懸形態美觀、歹採；矛盾的莊主也，猶是選美化山林。
0417	梅完梅了	人物	作檣人	估計錯誤，梅果產量濟，誠實是採未了也；郵局儲匯員問職業，躊躇一下，才確認是作檣人，唔生理人，文人只是興風雅爾爾。
0524	沙豬	人物	沙豬	男生輕視女生，認定怹未曉操作鍊鋸；拒絕向蓮姐紹介鍊鋸用法，21 世紀矣，沙豬誠實猶有咧。
0713	演講	人物	周老師贊助	周老師促成嘉義扶輪社演講，得著大大呵咾，周老師叫我回捐講師費；周老師私底下送大紅包，互我面子實益兼有，感恩肯定，會再拼命。

0818	姨媽	人物	美髮師阿姨	招姐也大嫂去高雄探訪 80 歲阿姨，康健敖食兼是美髮師，三仙後輩厚面皮，叫阿姨美髮，彼暝 4 位女生睏作一堆，那像媽媽轉來矣。
0904	風紀股長	人物	雞婆檢舉	台中豐原一社區，有人閒閒無代誌，興記錄違規停車，檢舉，農莊主、工人、阿姐連食 3 張罰單。
1012	我是空氣	人物	公田惡霸	欲埋自來水管，鑽大門水泥地無通知，大範來水塔提水嘛無問一聲，定定欺侮阮查某人，阮唔是空氣，惡霸。
1020	見鬼了	人物	公田惡霸	當年村民聚眾斷我水路，今也，欲設自來水，獨獨排除我農莊，紲咧，其他村民設自來水，無通知強挖我大門地，敢惹恁姐也，恁攏出去！
1028	動手腳	人物	公田惡霸	11 年來公田村民一路凌治阮，今也，愬動手破壞電線，致使馬達無法度運行；嘛用召鏡觀察阮農莊，誠恐怖。
1103	竊水	人物	公田惡霸	未見笑的厝邊隔壁檳榔戶，侵門踏戶大範取水噴藥，苦勸勿按呢，共款再來，真想放狗咬，人奈遮呢賊賤也？
1118	生存遊戲	人物	公田惡霸	公田村民佮巫良田村長也，長年集体欺侮蓮姐，搶水，騙採檳榔青，破壞招牌，亂挖大門地，破壞馬達電線；百年前公田甲長劉闊若知也，定著墓裡氣甲翻身。
1122	鍊鋸	人物	唔是沙豬	阿蓮姐去修割草機時陣，相著架頂一組鍊鋸；男店主組合好勢，賣互她，兼說明用法，伊唔是男沙豬。

1217	資深粉絲	人物	周老師支持	周老師是資深粉絲,帶閨蜜同齊來,他人80外矣,猶原諧詼談寫情書,Line友有25位,恁欲說服人人來遊農莊,增加阮生理,足多情。
1219	照夭鏡	人物	公田惡霸	兩位查甫人大紅門前假鬼假怪,假仙是台電人員來測電線路,無台電服裝無器材,裝痟也,只欠一台照夭鏡。
1221	歸去來兮	人物	公田惡霸	失控人客,哮鬼喝神,攪擾我情緒,近來公田村民嘛加速搶騙騷擾,誠有歸去來兮的心思,啊,擋咧,再拼落去8年到62歲。
0105	開心	心境	爽	男生把妹,呵咾她會曉保養,聽來好開心,台語講:誠爽;主持尾牙,賓主盡歡,美麗的夜晚,爽。
0329	意識錯亂	心境	身在何方	睏未好勢,一眠精神多次,唔知身佇佗位?想是台中、嘉義來回太傷過捷矣?
0418	吃飯的樂趣	心境	身孤心靜	佇台中都會,孤單感罩身來;獨身在四甲山林,無半點孤單感;她煮、伊陪、阮作客,三人食,欠一味樂暢;孤單是身體,安靜是心靈;身孤心擾人不安,身孤心靜人安祥。
0520	榴槤惹的禍	心境	厚火氣人客	榴槤又臭又芳,母囝買甲火氣大,煞鬧到派出所,細節唔知,相罵落來,狗有福啖糝臭芳水果。
0521	已讀不回	心境	內疚	接著電子函,只點一下附圖,「已讀不回」;23工後查落來,是同窗往生,她先生通知,真失禮也。
0621	寂寞	心境	城鄉之差	暗頭開車回台中,看著都會燈光,想著轉到厝內,就是孤單一人;都會夜暗煞是寂寞罩身來,山頂獨身一人並無寂寞心情。

0622	孤僻	心境	欠禮數	心性孤僻，少參厝邊隔壁來往，卻是人人定定來送禮照顧，肉粽節來送粽矣，家己誠實唔知禮數，歹勢也。
0625	熱情	心境	對徙職場	面對剪葉材一派熱情，彼是守佇山頂的秘訣；朋友相勸也，熱情轉去補教業，就無寂寞；活跳教囡仔寫作文十外年，歹勢已經無彼共熱情矣。
0729	撐住	心境	相思樹	縣道 130 路肩彼欉相思樹足粗勇，相拄搪，阮會相借問：「樽互栽，共創這逗天」；啥人借口防颱，將阮剉掉矣；親像茱里鄉人的小說〈相思蟬〉主角有硬頸，咱繼續拼。
0730	等著放鞭炮	心境	期待	洋傘受風搧上樹，阿山伸手提，揣著蜂岫，面腫甲那豬頭；熱天蠓蟲濟、全身噴藥水、包甲那回教婦女，才出工；若一年無虻著，年底放大炮呵咾；記持中的美食，來自在地的親情味，馬卡龍因為屏東阿姨、水煎包蚵仔煎有台中豐原阿母。
0814	打包	心境	寂寞	小花狗作伙回豐原，寂寞罩落來，5 年外前婚姻伴出走，3 月媽媽往生；厝唔是厝矣，打包媽媽遺物；今 52 矣，等到 60 打包農莊，換誰來打包阮咧?誰也?卻是人生也，寂寞來，不妨就寂寞去?
0825	很有事	心境	制度浪費	國稅局退超收 36，郵費超過 36，開車領油費嘛超過 36；逆向停車等貨車落貨，有人檢舉，罰單一張，啥代矣?攏是浪費資源!
0826	吃飯	心境	躊躇	飯局躊躇不定，最後嘛邀朋友作伙去；紲咧主人通知取消，事後看來躊躇是一款預兆也。

0910	秋天	心境	栗子之秋	栗子象徵秋來矣，買一盒鼎裡蒸好，栗子粘殼，煞剝甲桌頂粹屑一大堆，好比秋風掃落葉；回想阮茉里鄉埕斗之秋，落葉飄舞那急甫詩姑娘，大跳西班牙舞，這時行過山谷地，山坪一幅印象派秋景。
1023	身體，生日快樂	心境	復健	今仔日生日，正爿下半身極痛，去病院診斷出來，著愛復健；落山學習復健動作，紲咧家己作復健，誠實有效；茉里鄉人多年百試復健也，確實是回復無痛的秘方。
1024	蛇	心境	報仇者蛇	除草大戰，蛇出陣，工人掠蛇手裡耍，有青竹絲、龜殼花；問：恁怎處理蛇，答：趕去檳榔林；讚也，攏去創治歹人。
1105	馬拉松	心境	堅靭走半馬	澎湖馬拉松走半馬，坐骨神經痛，食止痛藥參加，前5公里認真走，享受補給站龍蝦；紲咧5勉強，後10步行，堅心撐到終點，拄好關馬時刻。
1119	摔倒	心境	鐵齒	坐骨神經痛久矣，正腳連紲出代誌，借故事館店員機車，煞摔車；明知嚴重，代誌濟煞想講等待奇蹟，危機隨身在，姐也著面對喔。
1123	孤獨	心境	身孤心安	5、6年前孤單感罩身來，吞食我心靈。今也，作工、歇睏、相山林、看電影、寫作，哈!孤單身体卻有安靜心靈，「孤鳥插人群」到「孤鳥安人群」，憑看心境。
0124	被水教訓	經營	管控術	好友來踏春，人數超濟，欠水惡夢佫來矣；我面模笑笑，心內急甲燒燙燙；阮散開掠漏水，啊!小便斗開關無關。

0528	青紅皂白	經營	領導力	工人領悟力有限，交待的代誌做來常常亂七八遭：家己一人嘛力量有限，誠需要友志相放伴群力拼，才會突破當前困境。
0616	美中不足	經營	餐食環境	世事無十全十美，人客野餐拼輸胡蠅搶食，改善之路就是起大廳室內用餐。
0619	省小錢花大錢	經營	環保省錢	抾有用的物件轉來農莊，等於省寡小錢，累積起來就是一筆大錢，可用來採購需要的物件也。
0623	厝簷	經營	簾簷	工人厝頂用竹管搭，坎草，厝簷卻是定漏水，抑是風吹走；今年改用鐵皮坎，人人歡喜，早就應該改善工人厝簾簷矣。
0705	時間電價	經營	電痴	每期電費 2 萬外，是別人的 135 倍；馬達抽水、製冰選佇離峰電價俗時段，善用太陽能；莫青盲牛也，24 小時亂用電。
0707	贊助	經營	贊助款肯定	得著財團基金會的贊助款，是大肯定，送阮開拓山林日誌回報；喜見大門柏樹頂也，有暗光鳥作門神，嘛是一款肯定。
0708	貓頭鷹	經營	門神肯定	透早佫緊去大門也，看暗光鳥，有 4 隻，比昨昏加出 1 隻；4 隻攏掠我金看，有夠可愛的門神也。
0712	人生中的不可思議	經營	音樂會	42 歲到檳榔林，種花造林，音痴 50 歲辦花舞山嵐音樂會，音樂人佮眾姐妹攏免費情義相挺，音樂震撼山林萬物，得著山神護持。
0720	懊惱	經營	電痴	燒水爐無燒水，叫工人拆電熱管檢定，無壞，插回嘛無動靜，新的嘛未震動；啊，敢是斷路器保險跳開矣，是咧，電痴。

0723	封面	經營	品質極優	麵包誤闖面冊封面，緊換回正版花舞山嵐，保證品質絕美風格；所致也，人客未嫌貴，找錢無收，欲贊助買樹栽，人人救地球，感動。
0812	桌子	經營	桌面剾漆	台東運來的彼批桌，十年風雨日曬，桌面烏銑一層，剾皮上漆，桌桌又攏白面光亮矣，換我一面腔烏銑。
0907	電費	經營	電痴省電	電器24小時無關，每期電費2萬外；今也，電用煞就關，離峰時段電俗才開；美哉，電費2萬降到4千，電痴知影省電秘訣矣。
1007	酒是狠角色	經營	酒仙會	三對翁某加莊主七人，壽生怹某攢好羊肉麵線，老厝邊献35年威士忌，開一場慶生酒會；新舊酒仙樂暢連連彈真言，酒誠厲害也。
1025	何時開門	經營	商品	商品有故事佮自由二款品牌，猶欠文創；故事商品勾起種種記持；家己品牌誠有成就感，無寄望出名，拼就是也。
1129	忙碌的生活	經營	天冷	天冷花漸漸開，花季第一擺剪花出貨；天冷矣，先用二層毯一層被落眠，上冷才來開電毯；按呢練身度多天，多天山頂有夠婿。
1202	山產	經營	顧客生日	歡迎阿雪翁某來農莊慶祝結婚一週年，招待二款山產美食：檳榔心這款「半天筍」煮牛雜湯，一盤炸蜂蝦。
1213	連續三年	經營	花質讚	台南花商拍賣員傳來：阮的虎頭蘭徛廟寺花壇中央，極秀氣；伊嘛替阮爭取每枝花加10箍，感心矣；有3年矣，阮互相無見過面咧。
0108	看海	旅遊	看海	花唔肯開，無法度出貨，上東石去看海；以山嵐換海湧；嘉義有山有海有好朋友

0220	台東快閃	旅遊	探友	落山台東行，二工來回 900 公里，那像咧搵豆油；訪 9 年前來幫採虎頭蘭的池上獨居客何大哥，兼去探訪太麻里的童年隆哥。
0506	身在曹營心在漢	旅遊	觀植物園	東南亞上大植物園，這個標題引我出遊新加坡；關佇山頂，今也可展翼出遊，觀模植物園技術；猴山也代班，人客就莫來。
0508	阿凡達世界	旅遊	機場園林	新加坡「城邦」足屬害，善用科技將樹林生佇天頂雲霧裡，呈現阿凡達電影裡彼款幻影美景。
0509	聖淘沙 / 遊湖 / 小印度	旅遊	驚奇	海墘坐空中覽車誠好耍；坐吧台升懸 35 米啉咖啡，驚甲半小死，遊湖曬甲那脹肚河豚；蹤到小印度大採購，我只買 3 包咖哩粉。
0510	植物園 / 烏節路	旅遊	記持	植物園一踏，有來過的記持，感覺其實普普仔爾爾，輸印尼的植物園；轉往烏節路的時尚街，無合我身分，回旅館倒眠。
0511	金沙酒店 / 魚尾獅	旅遊	拼命耍	金沙酒店貴，拼命好好仔耍一斗；一人慣習矣，買啥？送啥人咧？無半人；赴魚尾獅看表演，11 點回房眠甲唔知人。
0512	牛車水	旅遊	貴酒店	貴酒店眠醒，再倒到欲退房，換到平價酒店；佇牛車水商場暗頓一客肉骨茶湯，人間美味，帶一包回台灣，其他免買。
0513	星耀樟宜	旅遊	行李超重	有人行李超重，跪佇機場大廳拆散到我的，重演東京機場經驗；佇山莊，早起定著啉咖啡，七工旅遊煞未記持咖啡矣。
0526	疲於奔命	旅遊	載貨忝頭	嘉義台東又走一逝，來回 12 點鐘，載寡朋友關店的軟件，一回農莊忝甲倒眠床眠甲唔知人。

0605	江湖兒女	旅遊	拆搬鳥岫	遠征台東拆解鳥岫觀景平台，3 年裡平台被樟樹包容共生矣，細膩不傷樹身，平台樹身連体手術分開矣，樟樹得救，平台歸我，載回農莊；阮是江湖囝兒愛心澎湃。
0612	越後湯澤 / 輕井澤	旅遊	心情爽	山林魂拄著都會魄，來蹓街採購誠爽快也：溫泉和室房，一眉包養那猪呵飼，一身肥肉泡湯，恰意爽也；舊地再遊，勾起記持的柔情景觀，心涼脾透開。
0711	魚屋	旅遊	訪友魚厝	遠行一逝宜蘭，去宜蘭妹的魚厝，建佇魚塭頂，綠籬笆圍咧，誠水，卻是足熱，視訊應該卡涼爽。
0921	宿霧之旅	旅遊	多情之旅	菲律賓宿霧遊 7 工，為留學探路草，準備 2032 年 62 歲退休，遊走世界；海墘買螺殼园手掌，情傷脫殼隨風飄散矣，買著快樂，比基尼姑娘對比包甲那粽的本尊，著改善揣回青春；一路參計程車跳錶到剖價鬥智，第三世界文化之旅也。
1014	甜柿	旅遊	食甜柿	揣空縫遊達娜伊谷，踏過美麗優靜的小路，拄著愛食的甜柿，揹一大堆轉來，有夠歡喜；茉里鄉人十外年前也，嘛佇番路農會揹一堆甜柿粿回美。
1106	後會有期了，澎湖	旅遊	變天鵝	31 年前也，情定澎湖，今也，觀音亭村醜小鴨變天鵝；佇遮食美食，啉麥仔酒，看黃昏，趕去老謝店參伊啉咖啡，講一聲 31 年老朋友也，拜拜。
0113	神刀手	花園	刀藝	花商訂 106 支藍柏，這擺採剪一堆，整理一看拄拄好是 106 支；人講熟甲會變竅，誠實是神刀手矣。

0116	情意相挺	花園	情意	好友昨暝「情意相挺」，早起將花封箱，竟然有 20 外箱；直欲新年，猶有蘭花唔肯開，敢是「情意相挺」，欲陪阮過年吧？
0127	閉關	花園	花外送	九工無出外矣，佳哉電池有配合，車起動；新春初六第一擺鎮山莊大紅門，落山送虎頭蘭去花市也。
0128	小紅牛	花園	馬車	二手馬車送到，幫助花季剪花時，採收運載就輕鬆矣，著珍惜，多用幾年才合成本喔。
0129	揮別夢魘	花園	煤爐	天冷矣，搬出煤爐，千點無著火，問煤爐店，欠電池，誠實無頭神也；拍開杜鵑園區噴水，想起來著關水，傷慢矣，水塔又貼底矣。
0212	紫砂壺	花園	山兄情	山頂有好厝邊是福，山大兄看著阮咧翻修大茶鍋，建議用棕鑢也，抹刷水泥上茶鍋身，最後山大嫂漆金色「福都來」上鍋身，完滿收工。
0228	別了，檸檬黃	花園	虎頭蘭	杜鵑滿山開矣，美麗迷人；檸檬黃的虎頭蘭年年花枝短又佫小蕊，嘛經常著病害，忍痛割除，再會吧。
0429	梅味	花園	採梅	今年梅果大生，20 工採 500 斤，賣 350，150 家己製梅酒、梅醋，啊！一身梅味；人客咧講可惜，無梅嶺彼款脆梅。
0505	煙斗籐	花園	人客、實習生	煙斗籐莖粗勇矣，秋冬修剪春來扒滿蓬架，人客呵咾紅花串迎風飄；實習生操五工，未堪得也，歡喜落山脫走矣。
0523	鐵皮廁所	花園	吊車傷花	吊車來運走一組鐵皮便所，出大門驚天動地，便所頂拚斷櫻花樹椏，便所鐵皮綿綿冒冒，慘慘兩傷。

0930	軛瓣蘭來了	花園	分享花芳	軛瓣蘭準時佇中秋開花矣，剪來分享露營人客，家己留一枝，觀賞悅眼鼻芳喜樂。
1009	軛瓣蘭花開	花園	花吾情	十二年奮鬥甲忘我，親像李登輝哲學：「我是唔是我的我。」軛瓣蘭300支蕊蕊齊開，人花對相品鼻，一時浮出「真我」的「瞬間」幻變影相意識。
1114	繽紛鳥巢	花園	鳥岫	七月台東拆運來的鳥岫，重新組合，囥佇花園東爿，象徵起早鳥有蟲食；漆本園艷紅本色，成就紅綠搭配美景。
1216	意想不到	花園	盡展美姿	花園裡，枇杷、木瓜、南天竹、翠柏、茶花，佇園裡盡情施展，各有成果多姿又多彩，人客誠呵咾您，嘛褒我敨種花種樹。
1224	冷冽的考驗	花園	寒天剪花	天冷地凍矣，眠眠加電熱毯矣，嘛是天寒花大開季節矣；佇天地大冰庫裡，剪花大作戰，暝日攏咧考驗我。
1229	謝幕	花園	花期變晏	地球變燒烙，虎頭蘭採花期年年變晏，12年前10月開始採，近3年拖到12月矣，或者再8年，花就參我謝幕矣。
0529	作伴	工人	紹介工人	人客好意欲紹介工人，伊講：佳哉有工人陪妳作伴；工人是來作工趁錢，兼作守衛是差不多，絕對唔是作伴也。
0702	阿山	工人	阿山敬業	工人阿山耐熱、耐蠓叮、耐寒；種樹、除草、噴藥、伊一滯3年矣，幫阮成就花舞山嵐農莊運行順序。

0929	倦鳥歸巢	工人	歸園顧小花狗	工人揣著高薪就離開，無頭路再入園來，我攏接受，離鄉 11 年移工欲回鄉矣，希望來拍短工；阮接受這隻呑鳥回岫，拄好來照顧小花；可憐阿花腳指頭臭爛欲斷，用鉸刀剪除，阿花阿姐有緣相拄搪，不離不棄贏過無情男人。
1004	再進宮	工人	出出入入	工人中秋離職去揣朋友，中秋後欲轉來上工，阮阿莎力應好；因為繼落來，花季會足無閒，誠需要人工。
1008	天涯淪落人	工人	流浪他鄉	移工他鄉追夢，現實處處著用錢，出入山區計程車一逝數千；阮想，繼咧愍無錢欲怎樣衣錦回南國之鄉？異鄉走天涯，難！
1111	得力助手	工人	歸鄉南國	移工 Nono 是 6 年好助手，為著高薪抑是把妹，進出農莊 6 擺；佇莊園生查某囝，叫阮阿蓮「阿罵」；今欲歸鄉南國矣，同行無查某囝的媽媽；講若到南國，請來相見。
1124	不便宜	工人	鍊鋸讚	大樹倒水源邊，取水更加困難，厝邊隨意取水，佔阮便宜，大偏阮；鍊鋸功力贏過手鋸、小電鋸、柴刀，誠實是事半功倍，工人歡喜用鍊鋸清除倒樹矣。
1125	婚禮	工人	結婚	阮農莊男工結婚，雕西裝險認未出來，送新娘一條被鍊，親身掛落她頷頸，好比咧嫁家己查某囝；牧師證婚，印尼店打包家鄉味，莊園新婚夜，隔早新娘離開農莊，轉去她拍工所在。
1130	山林學堂	工人	鍊鋸讚	當年開十萬箍也，請村民剒一甲外的檳榔林，有鍊鋸矣，阮工人輕鬆到完一分地的檳榔林，山林學堂學費誠貴也。

0905	花舞山嵐故事館	故事館	計劃	談著台中厝吊鼎無用，友人喝，來開店，號名：花舞山嵐故事館；茉里鄉人新正踏腳到，誠實聽著濟濟人情、花草情、山林情……等等故事。
0928	招牌	故事館	掛招牌	嘉義台中兩地走跳，豐原開「花舞山嵐故事館」有譜矣，今仔日招牌正戈掛起哩矣。
1003	賣故事	故事館	開館	開故事館，展示螺殼、桌、椅、花舞山嵐美髮飛風來，佇館裡呈現您的秘密，等人客來分享。
1031	夢想旅程	故事館	支援農莊	將山頂的「花舞山嵐農莊」蓮花化身也，搬入都會，這款寄望是故事館成立的動力；寄望都會故事館也，翻頭支援山莊山林之夢。
1112	小空間大容量	故事館	加空間	一樓空間擠十名人客是有卡隘，二樓小客廳增加空間，囥一張大桌面，可兼作辦公視訊室，等第一批人客。
1126	擦身	故事館	迎客上農莊	台中厝邊相閃身，無來往；好奇故事館賣啥？紹介農莊後，她專程上山探訪，呵咾阮料理菜色好俗好食，唔拘趁無錢的款。
1204	所託非人	故事館	山貓顧雞	好朋友話攏作是耳邊風，竟然相信初次熟悉的人，請伊作故事館館長，無幾禮拜就旋矣；目睭互蜊仔肉糊著，煞揣唔著人，請山貓顧雞；點香問菩薩行向佗位？
1215	化危機為轉機	故事館	換商機	故事館無啥生理，排好轉機策略，行電商路線，冰咖啡無商機；聽著矣，受氣由冰箱輾出來，玻璃摔碎咖啡挐滿地。

0102	花園夜市	露營	記持	及時雨也扮演風紀股長,帶來夜暗露營區的恬靜;想起補習班囡仔兄吵鬧裡,上課佮呢忝喔。
0125	受之有愧	露營	同窗情	同窗家族來露營,天極冷,人人擠竹貨櫃屋,大鍋菜招待;人客盛情邀阮營火前哈燒去寒,您招待阮烏魚子,誠歹勢!
0319	營主	露營	營主未曉	人生處處有奇妙,兩位經營露營區,卻是唔捌搭過布篷,純是生理眼光的營主;茉里鄉人童年時代是童子軍,布篷搭來足熟手。
0425	從香港來露營	露營	香港客	香港客來露營,布篷到餐具醬料全部港貨,逐日燒烘美食;早餐煞行踏山林,下晡啉咖啡、聽音樂,四工悠閒慢活,享受花舞雲海。
0606	年輕人	露營	人客慷慨付錢	人客來啉咖啡,搭布篷歇睏,無過暝離開,只收伊咖啡錢300,堅持付營費1000,伊講:我是過來人,開1300享受有價值;繼唰呵咾;妳也,少年人無簡單。
0624	安靜	露營	安靜	露營區人濟抑人少,攏是誠安靜,想無咧?敢是客隨主人興安靜?
1214	A	露營	香港客	香港人A連紲3擺來農莊,這擺一群人露營四工三暝,您享受唔捌食過三款美食:半天筍,山豬肉,鄒族小米酒,兼聽花舞山嵐故事,多情露營客,邀阮共餐。
1231	最安靜的營區	露營	營區靜	暖多未寒誠爽,露營客呵咾遮是上安靜營區;阮早早上床睏矣,煞互跨年煙火爆炸聲也,驚醒,阮攏掣一趒。
0215	仙境	山林	仙境	情人節天落雨,帶來今仔日也,今年來少有的雲海仙境,祝福都會的您也,想像山頂生活之美。

0225	雲海	山林	仙境	雲海再湧，上下飄舞，露營地人人趕來看仙境，人湧拼雲湧，山莊奇景也。
0307	沖煞	山林	山靈	山有山靈，花舞山嵐農莊的山靈也，隨莊主遊向另粒山頭，在地山靈欲來相借問，莊主煞著煞，面青嘴吐，佳哉有濟公師父解厄。
0519	傾盆大雨	山林	及時雨	久旱來及時雨，滋潤山林，空氣滿詩（溼）意；唯花園退隱，宓厝內寫心情，大贏 N 次方，爽。
0601	小森林	山林	堅韌造林	林姐帶讀冊會成員來一日遊，時間足閒，就順勢初次帶您行踏造林區，大嫂押後翕相；人樹相映比對也，一看誠實一遍小森林矣，人人呵咾嘛驚奇，出自女性的堅韌之心的傑作也。
0609	淺草 / 河口湖	山林	異鄉預告	敆放心靈，到淺草寺散心，廟香芳，買衫急、走便所趕上車，煞手機拍見矣；富士山前河口湖寧靜，見證過往柔情深深；湖園樹木預告農莊樹林苗壯之影，堪慰吾心也，鼓舞向前行。
0627	油杉	山林	美感	油杉下枝橫向生，造就錐形美，12年長大林地空間變小矣；油杉針葉扎人，忍痛將下枝剪除，還林地大空間之美。
0714	最美的風景	山林	上美地段	一大遍檳榔林，到了重見山頭谷地之美，造花園，濟濟款樹木種落去，新林相成就嘉義 130 縣道上水的路段。
0325	美的旋律	天氣	落雨	雨聲是最美妙的旋律，久旱有雨滴也，滋潤花草樹木；為著花樹也，莊主時時參天氣咧談情戀說愛。

0603	室內工作	天氣	落雨整理室內	落雨天,就整理亂七八糟的室內,共款無閒工作,天公伯也誠敖安排也。
0626	躲起來	天氣	熱雨宓厝內	中晝天熱甲想欲宓厝內,下晡繼咧落大雨,誠實攏著是宓厝內。
0804	沉睡	天氣	雨天躊躇	大雨暝睏甲誠落眠,因爲隔日免上工矣;早起雨猶咧落,躊躇敢欲出門赴約,最後無洗面就跳上車,愈上路愈雨小,市區竟然無雨。
0806	追劇	天氣	雨天寫作追劇	上工期間扰時間寫書、處理文書,無法度追劇;暑假封山,歡喜開開可追劇;雨小停一陣,就又天倒大水,友人關心問狀況。
0821	龍眼乾	天氣	雨天觀樹舞天	將龍眼曬干,大雨欲來緊收入貨櫃厝,大風雨衆樹木歡喜大跳舞,阮勾佇櫃裡,有雨林裡的氛圍。
0911	一切安好	天氣	落雨埕斗安?	一暝雷雨電光閃滿天,氣勢驚天動地;早起開車行 130 縣道,多處落石掖路頂,佳哉也,阮園斗安在無恙。
0101	成就	農莊	記持	啖美酒,觀雲海,耳聽人客呵咾花園水;記持湧起這遍花舞山嵐的因緣,就是 12 年的拍拼。
0112	好久(酒)不見	農莊	師友情	老師送好酒,扰著世紀大瘟疫,足久無相見;解封 3 位老師齊來,阮導遊山林,述說開山種花樹的生活,故事講來迷倒老師。
0514	睡飽	農莊	補眠	旅遊逐工趕早晏回睏無飽,轉來台灣一睏 8 點半鐘,爽:山莊樹木攏大檔矣,檨仔金黃吊滿椏,補償海關沒收彼粒一百箍的檨仔。

0517	園區歌曲	農莊	空拍美景	空中翕園區綠林美景，打造新園區歌曲影片；相對第一部的禿頭也，農莊打造進步濟濟矣，當然猶有改進的空間。
0615	福報	農莊	讀冊會	林姐再來農莊辦讀冊會，承她宣揚本姐也，佫哩仔韌命骨力經營，老歲人紅包鼓舞再前行，感恩福報。
1115	2024 桌曆	農莊	桌曆文創	花舞山嵐農莊 2024 桌曆欲出版矣，以園區實景佮插畫並列，今年出版有卡晏，紛絲猶是支持阮再向前行。
0219	11 年	哲理	心理質素	山頂徛居 11 年，是勇敢，佫是心柔身韌，嘛是魂魄堅持自在，才有 11 冬參眾人也，作伙行踏過來。
0302	楊老師	哲理	生活選擇	人生賑賑長，今也，欲學楊老師佇都會裡參人「共生」，抑是學何大哥隱居山林咧？
0315	讓善循環	哲理	花樹共生	天雨少，水源無夠，花園欠水；好好整樹木，可積水汽，滋潤虎頭蘭花園來趁錢，有錢才有本事造林，相互偎靠生湠落去。
0412	鳥兒盛會	哲理	人樹鳥共生	桃青舊年蟲害，今年鳥啄，嘛食櫻花果，恁食好鬥相報；天天聽恁鳥群合奏交響樂，票價是滿園櫻花果；佳哉也，蟲鳥攏無佮意梅果。
0715	7 個寶寶	哲理	雞狗人共生	扶輪社社友送來 6 隻雞仔囝，加上一隻放生園內的小狗仔，查某人母親命，親像哪吒腳踏風火輪也，一路拼命照顧眾生。
1107	開賣	哲理	種籽歸根	又抾又買種籽幾十年，海沙垺抾著一粒無名稱的大種籽，原來是農莊油杉毬果籽，種籽掣阮來山頂造林；今也，台中開店賣種籽等等，敢是欲掣阮歸根台中？

0414	改變	台中厝	鄉城徙位	台中厝原來樓厝只有一排的集合住宅區，17 年落來，樓厝一排一排擠擠，通常車聲救火車喧鬧，突然一時靜靜，煞懷疑身佇公田山頂。
0724	舉家	台中厝	整修	農莊人人來台中，大門平台翻新，一樓裝水管，搶修五樓滲水壁；誠有美國人作風，簡單部份家己動手，省掉貴參參的工人費。
0725	備料	台中厝	備料	損掉大門平台，紲咧攢便材料，設定斜坡地維持水平的工法。
0727	巧合	台中厝	整修	足奇，共班人馬舊年共日，佇遮組合餐台，小史穿共款衫佮鞋。
0728	颱風週	台中厝	整修	雖罔水平佮角材攏歹創，有阿山，斜斜大門平台創好矣；一向進出門急，這擺隔壁將阮看著是承包商，阿山苦等貴參參的大雞排。
0115	三番兩次	水塔	無水歹料理	巧新婦無米好炊矣，漏氣；水塔無水矣，辦桌煮食免數想，每擺攏是蹔甲半小死，才化解；人生路草也，誠實歹料算。
0130	洗頭	水塔	大港水沖身爽	人客拜拜矣，水塔水盡阮慷慨沖；徛佇蓮蓬頭下，久久久久，人比花嬌，享受水淋頭之妙也；留一頭蓬鬆，可回台中看媽媽矣。
0207	妙不可言	水塔	蛇來顧水	法事煞，緊查每工大事：查水塔，跁起哩，掀蓋，竟然玄天上帝下凡來，化身水蛇守護水塔，圓池誠實功力圓滿喔。
0304	同學會	水塔	欠水敕應變	台中開同學會，醒來發現欠水，跁水塔查看；山莊多年經驗，欠水免驚惶；水有夠煮飯炒菜，啊！無水洗身軀矣，無代！倒咧就睏啦。

0324	歲月靜好	水塔	媽媽護水	花園靜靜，鳥隻叫天，靈位前報聲：媽媽阮轉來矣；離開山莊五工，聽講水塔無積水，是佗位咧漏；今仔日轉來，水塔滿矣，奇也。
0226	打工換宿	旅客	同窗情	高中同窗翁某來幫忙，美稱是打工換滯民宿，工課包括：載糞索落山，載瓦斯回山頂，脫殼機清咖啡殼。
0701	放暑假	旅客	取消預約	七月了，誠緊!預約的人客臨時取消，雄雄有 一款輕鬆、放暑假的感覺。
1117	酒與甜柿	旅客	中毒傳說	暗頓有燒酒雞、甜柿，人客講：回房柿食，為啥?酒柿作伙食，會中毒?怎看我先食，人客哈哈大笑，隨嘛提起來哺。
1209	支持者	旅客	遊園支持	會計師揤一家人來遊園，請阮種櫻花林的翁某來到，暗頓吐真言，流目屎感恩愍的支持，佇村民打壓裡，互我勇氣拼落去造林。
0428	樣書	出書	合手寫編	《山居生活2》散文集樣本印好矣，莊主負責內文，好友小史排版美編，等《山居生活10》完成，就欲退出山林。
0515	山居生活2	出書	生活日誌	前10年種花造林，不時挑戰奮鬥，今也，來到《山居生活1、2》，大風大浪不再，純是日常生活，感謝親友人客的愛顧支持。
0111	化作春泥更護樹	樹葬	送虎頭蘭觀禮	早起參加樹葬，骨灰倒落土孔，人人囥一支虎頭蘭，春來攏化作土糜護樹，儀式足貼咱心肝；下晡指導教授來鋪水管，食暗兼破豆，師生樂也。

0308	啟動退場機制	退休	蘭人共進退	蘭仙引阮來山林，到四甲檳榔園，再造林回歸山林本色；今也，檸檬黃虎頭蘭多病矣，阮若欲退休，著開始安排蘭仙的退場機制。
0629	來自宇宙的訊息	爸爸	宇宙迴聲	台中人客來啉咖啡，洗食愛玉冰，4 點離開，20 分後落大雨矣，悠敨揀時；人客講一句；「恁老爸定著驕傲有妳這款查某团！」52 歲矣，爸爸唯宇宙傳來呵咾的話語，誠安慰。

茉里鄉猗家厝後埕花園猶未完成

茉里鄉猗家厝前埕·山坪藍毯杜松消失後·改種綠毯 Pachysandra

阿蓮娜日誌——深情美學

/ 胡民祥

今年轉去到祖國台灣，滯佇府城東門學苑，有幸再相逢黃南海佮王淑汝兩仙音樂家。怹拄唯嘉義山林仙境轉來府城，食好鬥相報；佇 2 月 23，怹專程開車𤆬阮探訪這座仙境。

仙境就佇佇嘉義公田村，佇嘉義縣道 130，離 18 號公路 4 公里的地段，一座有大紅門的「花舞山嵐」農莊，詩意厚厚的一大遍山林。莊主阿蓮娜誠好客，熱情招待，有過年甜粿 ᱺ 彼是阮這逝回鄉想欲食的童年美食，彼款阮媽媽在生時親手作、煎甜粿，落嘴感覺足溫暖。阮食美食時陣也，阿蓮娜紹介「花舞山嵐」開拓影片；彼款艱難裡，又是情傷之下，她勇敢孤單一人也，堅韌開山坪、栽花、造林的魄力，在在打動阮心肝。

看過影片矣，她送阮 4 本著作，攏是山莊開拓的記逝；她講也，攏只有自序。這擺也，邀請阮替她《山居生活 3》寫序；她一再邀請，誠意十足，咱就答應矣。講定佇 3 月底交稿，唔捌答應遮呢緊寫序的經驗。2 月 29 接收著阿蓮娜的排版稿，就開始謹慎讀這本日誌；沿路讀沿路筆記，到 3 月 24 就筆記完成，就囥佇這篇序的附錄。

這篇序也，欲就「文本觀」的方式寫，所致，先小談文本觀。

佇 1967 年，盧蘭巴套 (Roland Barthes) 發表：*The Death of the Author*，意思是講也，作品一發表，作者 (Author) 消失去矣，主要是主張讀者 (Reader) 對作品有詮釋權。繼咧佇 1971 年，盧蘭巴套再寫一篇：*From Work to Text* 裡，紹介「文本 (Text)」觀。簡單講，「文本 就是讀者解讀「作品 (Work)」，所得著的「內涵」，參「作者」的 有可能有精差。誠實也，有濟濟讀者作伙審美，一堆死死的文字也，就會唯作品裡活跳起來，產生多樣多彩的文本內涵。

佇附錄內底，每篇日誌裡，計錄五款：1. 日誌數碼，2. 篇名，3. 文本類型，4. 文本科目，5. 文本內涵。根據附錄整理出圖表一，它有三個欄位：文本類型、每類型出現日誌篇數、日誌數碼。下面咱就來說明這張圖表也，日誌所呈現的美學結構。

圖表一　文本類型佮出現的日誌篇數、日誌數碼

文本類型	日誌篇數	日誌數碼
1. 情	31	0121, 0205, 0206, 0211, 0213, 0214, 0218, 0309, 0312, 0322, 0323, 0327, 0328 0330, 0331, 0401, 0403, 0405, 0407, 0409, 0422, 0522, 0602, 0614, 0722, 0824 0830, 0903, 1102, 1116, 1205
2. 造林	24	0106, 0120, 0126, 0227, 0301, 0316, 0410, 0411, 0419, 0420, 0426, 0501, 0502 0503, 0518, 0828, 0829, 0909, 1010, 1011, 1013, 1029, 1108, 1201
3. 人物	21	0107, 0122, 0131, 0224, 0408, 0415, 0416, 0417, 0524, 0713, 0818, 0904, 1012 1020, 1028, 1103, 1118, 1217, 1219, 1221
4. 心境	19	0105, 0329, 0418, 0520, 0521, 0621, 0622, 0625, 0729, 0730, 0814, 0825, 0826 0910, 1023, 1024, 1105, 1119, 1123

佇 MacDonald 啉咖啡，修改序文 (3.29.2024)

國家圖書館出版品預行編目資料

花舞山嵐農莊：山居生活. 3, 與生命共舞 / 陳似蓮著. -- 初版. --
臺北市：博客思出版事業網, 2024.06
面 ； 公分 (現代散文23)
ISBN 978-986-0762-84-6(平裝)

863.55　　　113004736

現代散文23

花舞山嵐農莊 山居生活3 與生命共舞

作　　　者：陳似蓮
主　　　編：盧瑞容
編　　　輯：史益宣、陳勁宏、楊容容
美　　　編：史益宣
校　　　對：楊容容、沈彥伶
封面設計：史益宣
出　　　版：博客思出版事業網
地　　　址：臺北市中正區重慶南路1段121號8樓之14
電　　　話：（02）2331-1675或（02）2331-1691
傳　　　真：（02）2382-6225
E-MAIL：books5w@gmail.com或books5w@yahoo.com.tw
網路書店：http://bookstv.com.tw
　　　　　　https://www.pcstore.com.tw/yesbooks/
　　　　　　https://shopee.tw/books5w
　　　　　　博客來網路書店、博客思網路書店
　　　　　　三民書局、金石堂書店
經　　　銷：聯合發行股份有限公司
電　　　話：（02）2917-8022　　傳真：（02）2915-7212
劃撥戶名：蘭臺出版社　　　　　帳號：18995335
香港代理：香港聯合零售有限公司
電　　　話：（852）2150-2100　傳真：（852）2356-0735
出版日期：2024年月6月初版
定　　　價：新臺幣280元整（平裝）
ISBN：978-986-0762-84-6

花舞山嵐 農莊